U0907662

一间中国的房间

蔡小容 著

江苏凤凰文艺出版社
JIANGSU PHOENIX LITERATURE AND ART PUBLISHING

图书在版编目（CIP）数据

一间中国的房间 / 蔡小容著. —南京：江苏凤凰文艺出版社，2021.12
ISBN 978-7-5594-6337-1

Ⅰ. ①一… Ⅱ. ①蔡… Ⅲ. ①散文集－中国－当代
Ⅳ. ①I267

中国版本图书馆CIP数据核字(2021)第213614号

一间中国的房间

蔡小容 著

责任编辑　刘洲原
特约编辑　廖　雪
责任印制　刘　巍
出版发行　江苏凤凰文艺出版社
　　　　　南京市中央路165 号，邮编：210009
网　　址　http://www.jswenyi.com
印　　刷　艺堂印刷（天津）有限公司
开　　本　889 毫米 × 1194 毫米 1/32
印　　张　8.75
字　　数　173千字
版　　次　2021 年12月第1版
印　　次　2021 年12月第1次印刷
书　　号　ISBN978-7-5594-6337-1
定　　价　58.00 元

目录

儒林入画

红楼小拾

罗伦赶考

东风西渐

域外

附录

儒林入画

屋舍·门户·窗栏·舟船

《儒林外史》连环画有多个版本，上美社的十一册本不仅是收藏品，且依然在不断再版畅销。这套书 1955 年由上海新美术出版社初版，赵三岛、李铁生、冯墨农等老辈连环画家绘制，画风扎实、拙朴，与上美社的镇社之宝《三国演义》一脉相承，只是一文一武。不同分册的绘画，风格齐整，水准整齐，不知他们是怎么做到的。若说是 1949 年后这些“连环画一百单八将”共同被收编进入国营美术出版社，担任“连环画创作员”，分配任务，集体创作，但他们在达到了规整性的同时，各自作品中的灵气与奇思妙想，都保存着。

我看这套书，最喜欢看它画里的屋舍、门户、窗栏、舟船，真是非常地好看！不光是我，书中的人也同样觉得它们好看。在画中看景的有穷儒周进。他六十多岁了，还没有考中秀才，应聘到一个叫薛家集的乡村去教书，薪酬很低，教的孩子又顽劣，学生家长又势利。在这种苦闷的境地中，也偶有怡人的一刻，原著是这样写的：

周进吃过午饭，开了后门出来，河沿上望望。虽是乡村地方，河边却也有几树桃花柳树，红红绿绿，间杂好看。看了一回，只见蒙蒙的细雨下将起来。周进见下雨，转入门内，望着雨下在河里，烟笼远树，景致更妙。

连环画略做修改：“周进吃过午饭，见外边下着蒙蒙细雨，就开了后门欣赏雨景。”——这么一改，显得周进更要看这雨景了，穷酸、迂讷的老儒生，心里还存有一方审美空间，他打开后门，这方空间就呈现于他眼前：河边、柳树、花朵、青草，雨画着斜线，河面上一个一个小涟漪。他站在门边，门框里的图景让他的心境开阔起来，远处青山隐隐，像他一直模糊向往着的某处。雨下大了。河的上游冒雨摇来一只芦篷船，到了岸边，下来一个乡绅模样的人，一个仆人相陪，另一个仆人从船上挑了好大的两个食盒下船。雨势不小，乡绅举起袖子遮雨，从船的这头看过去，雨线斜扫，岸上的树被扫得线条疏淡了，近处头顶上的树叶仍清晰浓密，站在岸上门里的周进，人很小，他的悠远抽象的思绪被这具体的来人占领了。周进寄宿的地方是个和尚庵，来避雨的乡绅是位举人。周进陪他坐着说话，到了掌灯时分，举人叫和尚烧了些饭，他的仆人给他打开食盒，把酒菜摆满一桌子。他并不邀请周进，周进也就识趣地退到隔壁房里，和尚送来他的饭食：一碟老菜叶、一壶热水，他坐在学生的小桌子上吃。一门之隔，我们从门里看见举人正据案大嚼，微仰着头在啃鸡腿，正要出另一个门的和尚，回头看了一眼他满桌的鸡鸭鱼肉，这一眼不无意味，也让图中有气

这时，上流头一只芦篷船冒雨摇来，到了岸边。船上有一个头戴方巾、年约三十岁的乡绅，叫两个仆人挑了食盒，一起走上来。（《范进中举》第14页）

一会，和尚送出周进的饭来，一碟老菜叶，一壶热水。周进搬到学生的小桌子上吃了。（《范进中举》第18页）

那些孩子非常淘气，一时兴头不到，就溜到外边去丢石子、拍球，周进只得捺定性子教导。（《范进中举》第12页）

息流动。这幅图里，门的布局很妙，分处两间房的两位儒士，相背而坐，给我们看见的是捧着他那碗饭的周进的神情。举人的言语动静，必在他耳朵里，而他这乡村穷塾师，哪会在举人的眼睛里。

李渔在《闲情偶寄·窗栏》中写道："开窗莫妙于借景。"门、窗，在画中也是巧妙取景之法，周进教书的一幅就很典型。他教的那些孩子，都非常淘气，一时照顾不到，就溜到外边去拍球、丢石子、捉迷藏，我们从画上的两扇窗户里就看见他们在屋外这样玩——古时常作的《婴戏图》，颇喜兴，可惜是在该读书的时候。屋里的周先生，管束不了，灰心低头捋自己胡须，

再说匡太公自从儿子上府考试，二十多天不见回来，正在叨念，忽听得门外一片喊打声，一个赤脚人赶着他大儿子打将进来，说在集上赶集，占了他摆摊的地方。（《匡秀才》第45页）

几张书桌上的笔墨书本，徒然摊开着。周先生不久就被辞退了。

《匡秀才》里也有隔窗取景图。匡超人考中了秀才，消息传回他乡下家里时，他那个大哥正在被人打，为的是在集市上摆摊争位子。打得凶，我们从画上看到一个手持大棒的人把匡大追打进了门，躺在床上的匡老爹吃惊地欠起身。有人打架，自然就有人看，床边窗户是个方洞，露出几个乡人，他们一路跟了过来，跟到这里，目光随之拐弯，匡大两个进了门，乡人们从窗口接着看这室内好戏。匡大嚷：“我家老二同县老爷有交情，我怕你吗？”揪住他衣领，要拉他见官，匡老爹劝阻。正吵闹，两个穿公门衣服的人拿着大红帖子进门，恭喜二相公高中。拿大棒的人顿时软了，匡大硬了，胜负已分，那人退走。再下一幅，匡超人回家，在床前对着父母下拜，他高中的红帖贴在床头，窗口里几个乡亲，荷着锄头，抱着娃，欣羡地望着窗内的一幕，乡里保正正进门贺喜。

吴敬梓原籍安徽，三十三岁时移居南京。《儒林外史》以南京为主要的故事背景，也写到了苏州、扬州、温州、嘉兴等地。就地域这一点，沪上老画家们有着天然优势，他们的籍贯大都在江浙一带，赵三岛是江苏吴县，钱笑呆是江苏阜宁，陈履平是江苏盐城，李铁生是江苏江宁，林雪岩是江苏扬州，冯墨农是浙江嘉兴，江南风物他们自小熟悉，化于胸中，现于笔端。江南水系发达，出行多靠船只，反映到画里，也是河多、船多。

凤四老爹替朋友打抱不平，要上嘉兴去。他们到码头搭船，河埠上热闹繁忙，河上竖着许多船桅舟楫。岸上的景色则疏朗鲜明，树的枝干伸展在天廓，行人走在路上，走在桥上。古人画山水有一句口诀："丈山尺树，寸马豆人。"在这里，则因地制宜了，人物为主，树也很突出，山、河、船是背景，比例较小，画面效果峭拔而生动。

沈琼枝逃出盐商的家，在东方渐渐发白的时分上了一艘小船，在途中打定主意，船到仪征，她下船去换江船到南京。她上岸了，我们随船夫的目光看她立在岸上，姿态里显出骄傲，她身后是城门，人来人往，我们也不觉精神一振！天已大亮了，一个陌生的新地方，前面还有更大的新地方，许多的生

陈正公得了银子，拿出一百两来谢凤四老爹。凤四老爹只拿了欠自己的五十两，把余下的五十两依旧还给他。（《凤四老爹》第31页）

主意打定，沈琼枝在仪征换了江船，向南京出发，一帆风顺，不几天，就到了南京码头。（《沈琼枝》第44页）

这一日遇到逆风，船停泊在仪征。牛玉圃向牛浦道："这里有个大观楼，素菜甚好，我和你去吃素食罢。"牛浦忙跟他走上岸去。（《盐商万雪斋》第10页）

机等她去开创。船夫对她挥挥手——保重呀，姑娘，祝你前途好运。

假名士牛玉圃和牛浦，要到扬州去投奔盐商，中途逆风，船也是在仪征停泊。牛玉圃对牛浦说："这里有个大观楼，素菜甚好，我和你去吃素食罢。"牛浦就跟他上岸。我们在船的这头看他俩上岸，这头正在停船、系缆绳的船夫们，目光也跟随他俩，这幅画就有了焦点，但这幅画吸引人的是它描绘的背景：岸上一溜店铺，都是现在见不到了的老房子，线条浅淡，但瓦片密密的，窗户一格一格的，铺子里外的人在做各种营生，撑船打铁，挑担扛包，也有摇扇闲走的，河边有老妇在洗衣。1950年代画出这些画的老画家们，对这些屋舍门面再熟悉不过，那时候的街和房子，就是这样的。老房子都旧了；半个多世纪过去，老房子几乎拆光了，连新房子都已拆了好多茬，没有房子会老了。

大观楼是个大酒楼。牛玉圃和牛浦上了楼，楼上地方宽敞，摆设齐整，木楼梯，木板地，一张张大方桌上摆着筷筒，一长排木窗全部朝外打开。虽然没有一幅图画出了窗外的景色，可是这留白引人遐思，我觉得窗外就是江。临窗坐着，可以看江水，可以看江对岸的房屋。《水浒传》里，我很爱宋江在浔阳楼那一段，有景物，有心情——宋江在江州酒楼上独饮，对着一派江景，临风触目，感恨伤怀。书中未写当时天气，我补白，应是天阴的黄昏时分，云阔天低，江风猎猎。但《儒林》这里，是个晴天，牛氏二人没有宋江的情怀，他俩心情甚佳，船停泊，上岸吃顿饭，在酒楼上还碰到个牛玉圃的熟人。"原来是老哥！""原来是老弟！"原著写下如此对白，不动声色地白描，连环画一字不差地放在图画中对白的框里，改编者想必是充分领略了其中幽默。牛玉圃向牛浦介绍，说这是曾与他在衙门里共事的王义安先生，让他叩见。这王义安长着一个酒糟鼻，吃饭时把一条腿搁在长板凳上——这是画家的创作，原著没有写，画家也是阅人多矣，这外貌动作设计得神气活现。三人吃着饭，牛玉圃和王义安一唱一和地吹嘘他俩的过往，把个牛浦听得呆呆的。正说得稠密，不料楼梯上又上来两个衣服破烂的秀才，看到他们，一个就说："这不是丰家巷婊子家掌柜的乌

走上大观楼，只见一边座上坐着一个戴方巾的人，牛玉圃一眼认出他，连忙上前行礼;那人先吓了一跳，后来认出是牛玉圃，忙笑着站起来还礼。

（《盐商万雪斋》第11页）

龟王义安！”另一个说：“怎么不是，他怎敢头戴方巾，冒充秀才！”两个不由分说走过来，扯掉王义安的方巾，揪住他痛打。牛玉圃要扯劝，也被狠啐一口，只好拉了牛浦溜了。王义安被打得鼻青脸肿，被店里人做好做歹地哄劝，忍痛摸出几两银子塞给秀才，抱着头跑了。吴敬梓寥寥几笔，安排了一幕讽刺小品在这酒楼上，相应的几幅图中，取景镜头多角度旋转，前后左右，高低俯仰，这酒楼的格局也都给我们看清楚了——我真想上这酒楼看看呀。看过这本小画书后，我再去酒楼吃饭，对酒楼的空间格局更感兴味了，点好菜，就去洗手，转弯抹角地

牛玉圃吃好饭，要到舱后去看看，刚推开一扇舱板，一眼见一个二十来岁的少年坐在那里，不觉奇怪。船家忙赔着笑脸解释。（《盐商万雪斋》第5页）

走一圈儿，看楼上楼下吃饭的人。靠窗和靠栏杆的座位最佳，小包间反而看不到外面了。

牛玉圃和牛浦本来素不相识。牛玉圃包了一条船上扬州去，牛浦是船家私带的客人，把他安排在船的烟篷底下坐，叫他别作声。天黑了，牛浦从板缝里偷眼看舱内，看见他们点起灯笼，看牛玉圃面前摆了四盘菜，他一边饮酒，一边摇头晃脑地念诗。吹灯了，这一夜东北风紧，三更时潇潇飒飒地下起雨来，烟篷芦席上漏水，牛浦翻身打滚地睡不着。天亮了，又看见牛玉圃的几个长随打伞上岸去买菜，还有一个拿了一只金华火腿蹲在船边洗，菜买回来，他们做饭：一尾时鱼、一只烧鸭、一方肉，还有鲜笋、芹菜，整治出四大盘，好豪华的早餐呐。牛浦和船家吃的是萝卜干饭。牛玉圃忽然推开一副舱板，看见牛浦，就问："这是什么人？"船家忙赔着笑脸解释说："这是小的们带的一分酒资。"——这是行话，说得委婉，船已被包租了，船家再暗中捎带一个乘客，额外赚几个钱，说是"酒资"。这幅画里，船家的笑脸颇可圈点，是跑惯江湖的人做出来的笑脸，也是见过江湖百业各色人等的人才画得准确的笑脸。1955年的画——倘再晚几年，国营商店营业员的清一色神态将会覆盖先前的多种职业脸谱，就见不到这么生动的脸了。

2017年10月5—7日

马纯上先生的房间

马纯上先生，又称马二先生，是《儒林外史》中有名的文章选家。他的工作是编选时文辑印，作为科举文章应试指南，南京、杭州、嘉兴等地的书肆，到处都有他辑选的文册售卖。他在书中的初次露面，是在嘉兴，一个叫蘧来旬、字駪夫，书中称他为蘧公孙的年轻人在街上闲步，看到文海楼书坊的招贴："本坊聘请马纯上先生精选三科乡会墨程"，于是动念，回家换了衣服来拜访他。

马纯上先生就住在文海楼书坊的楼上。他这间房，既是他的下处，也是他的办公室，蘧公孙初次拜访，只略坐小叙，但见他房内满眼是书，具体陈设如何，我们在后面还会跟随另一个人再上楼细看。马先生说，他一向是在杭州选书，这次文海楼请了他来，包他几个月，束脩是一百两银子。束脩之外，吃住免费，他吃的啥，蘧公孙看到过："一碗熝青菜，两个小菜碟"，他们的伙食标准书坊向有定例："……发样的时候再请一回，出书的时候又请一回。平常就是小菜饭，初二、十六，跟着店里吃牙祭肉……"一个月只吃两回肉。马先生其实是吃不惯素饭的，他在相识的次日来蘧公孙家便饭，蘧家招待他的菜

他写个帖子，换上衣服，又急急赶到文海楼书坊，向店里人一打听，果然马先生就在楼上。（《枕箱案》第22页）

谱是：一碗炖鸭、一碗煮鸡、一尾鱼、一大碗煨得稀烂的猪肉，马二先生很高兴地直言："你我知己相逢，不做客套，这鱼且不必动，倒是肉好。"当下吃了四碗饭，将一大碗烂肉吃得干干净净，又给他添了一碗饭，于是连汤都吃完了。

《儒林外史》中的读书人大致走着两条路：求科举，或是做名士。名门之后的蘧駪夫本无心功名，平日里作诗词、写斗方、与人应和，后又思变，他就是在这种心情下来找马先生谈谈的。马二先生自己科场不利，转而成了文章选家，他很乐意给人指导，对登门求教的蘧駪夫是如此，对街头偶遇的匡超人也如此。那个叫匡超人的青年，衣衫褴褛地流落在杭州，马先生把他邀来书坊，出个题目让他写写看，看后给他逐字评点，教他许多文章作法；此外，还送他几部文选、一件棉袄并十两银子，资助他回乡，鼓励他进学。马先生不是清高的名士派，可我们分明感到作者对他的敬意，相比某些名士的“雅得那么俗”，马二先生俗得颇可爱，他治学与待人，都非常真诚。

《儒林外史》是攒珠式结构的中国古典小说，若拿西洋小说的结构来套，当然套不上去，可是它符合中国人的思维方式和心理节奏，我们读来很舒服。把它改编成连环画，好像更合适，一册一故事，围绕人物去展开，各自独立又彼此勾连。马二先生主要出现在《枕箱案》里，在《匡秀才》里也短暂现身，虽是不同画家所画，马先生的形象却十分接近，尤其他举止姿态中的恳挚、诚朴，完全如一。

“枕箱案”牵涉到了好些人物，多种世相。祖上做过知府的蘧公孙，偶然周济了一个与他的祖父有故交的负罪逃亡官吏——他周济的数额很大，把刚从亲戚那里讨来的二百两银子全都给了萍水相逢的这个人——对方感激涕零，把随身带的一个旧枕箱送给他，他又随手把这枕箱给了家里的丫头双红，给她盛花儿针线。蘧公子做事随性，是出身使然吧，公子性儿，名士派儿。他缺少防人之心，想不到这个枕箱可能给他带来灾祸。案子的起因，原著只简短地用几句话交代了：“不想宦成这奴才小时同双红有约，竟大胆走到嘉兴，把这丫头拐了去……”家里仆童勾搭了丫头私奔，蘧公子发怒告官，差人拿住那小两口，想私下从中牟利，于是这个要命的枕箱就成了讹诈的好物件：蘧公孙结交钦犯，窝藏叛逆。官差不直接找蘧公孙，而是从丫头口中问出文海楼书坊有个姓马的是他朋友，就去找这马二。他找对人了，马先生虽穷，却肯为朋友疏财。

连环画对这一节的改编，增加了对两个小人物的描写，他们的形象饱满起来，情节也更有人情味。双红原是蘧公孙的妻子鲁小姐的陪嫁丫头，为人乖巧。鲁小姐是位思想正统的才女，每天亲自教导孩子的功课，经常弄到深更半夜不睡，蘧公孙在旁连连打呵欠，双红则给他端茶递水，极其小心——原著就写到这里，连环画里加了一句："自然，鲁小姐心里明白，朝双红瞟了一眼，叫公孙先到书房去睡觉。"鲁小姐明白了什么？我是个呆人，我没明白，看下文也只写双红铺床叠被地服侍蘧公孙，非常周到而已。这丫头还有一桩特别处，原著也这么写的：她会念诗，时常拿着诗册请公子给她讲解。看来这是个妙人儿，比起满口四书五经、八股文章的妻子，红袖添香想必让蘧公子感觉相当良好。双红从前是给小姐伴读的，小姐自己不读的《千家诗》之类，给她读了当个笑话，而双红还真像香菱，她喜欢读；她有个私订终身的男朋友这一点，又像司棋了，她却比司棋幸福，她的宦成，一门心思地打算着要跟她一起过日子。连环画也从宦成这头去铺陈：自从双红跟随小姐到了蘧府，宦成心里万分记挂。他既怕双红变心，又怕蘧家的什么人看中她，把她强占。这么改，比原著那句"宦成那奴才"高明了，奴才也是人哪，他有心上人，他想与她成婚，厮守一生。这愿望，卑微而本分，却需付出极大的代价，要越规去争取。宦成

深夜，天下着牛毛雨。双红提了蘧公孙送给她的那只枕箱，跟着宦成偷偷地溜出蘧府，逃奔宦成的老家去了。（《枕箱案》第33页）

鼓起勇气，凑足盘缠，跑到嘉兴去找双红。他是鲁小姐娘家那边的人，是见得到小姐的，见到小姐，扯个理由说老太爷要看姑爷作的文章。他跟人进来的时候，留心记住门户院落；低头回禀的时候，暗里用眼睛四下搜索，果然，“瞧见了一双他熟悉的脚”，同时听见小姐叫“双红”，宦成的心怦怦乱跳了。在接过双红递过来的文章的时候，宦成偷偷塞给她一张写好的字条，大意是我们今晚一起走吧——这小伙子胆大包天了。双红也真听他的，她愿意呀——贾府里的贾赦大老爷就恨恨地总结过这类事，丫头就巴不得往外聘，配个小子，做正头夫妻——双红带着蘧公子给她的那只枕箱，在下着牛毛细雨的夜里，跟宦成手牵手，逃跑了。

原著说“公孙知道大怒”，连环画说“鲁小姐和公孙这个气可生得大了”。他们是有理由生气，但蘧公孙这个凡事都不甚上心的人，如此认真地写禀帖报官捉拿，究竟有没有逃跑的丫头其实是他的人的意思在内呢？宦成担心双红被他强占，或许他也恼怒双红跟别人跑了，且不管有没有吧，反正现在宦成都不管了，他只要跟双红在一起。古代还是艰难，给人做奴仆的人想一夫一妇地婚配，几乎要拼上性命，现代人人身自由、婚姻自主，一夫一妇却往往吵得日子过不成。双红跟宦成逃回他的老家，两个正在厨下做菜，突然一个官差闯进来，一把揭开锅盖，把煮好的一只鸡捞出来，啃个精光，然后把他俩抓起来，关在他自己家里，日复一日地勒索。

这小两口哪有什么钱，身上的衣服都当尽了。身边这个枕箱，想拿出去卖几十个钱交给官差买饭吃。双红对宦成讲这枕箱的来历，那差人在窗外都听见了：嘿，原来有这么个好东西！活该我发财！一来二去，非此即彼，差人按算计好的最佳方案，来文海楼找马先生说话。

这回我们看到，马二先生的房间非常有意思。上到书坊二楼，对着楼梯口，就是他的房间。一排木窗户，临窗可以看外面的街景；书柜是靠墙放的，但书桌不是正面靠窗，而是侧面，这样就把房间作了分隔，有了层次感，颇为趣致。马先生坐在桌前工作，累了就看看窗外，他可不是两耳不闻窗外事，而是窗外事，声声入耳。

事情偏也凑巧，这时街头忽然一阵吆喝，传来几响锣声。马二先生探头向窗外一望，却见一乘八抬大轿前呼后拥，原来是官府过路。这一惊可又了不得！（《枕箱案》第61页）

马先生看了差人拿来的出首叛逆的状子，吓得面如土色。蘧公孙现在不在家，他告诉差人说，请千万将状子捺下，等他回来再商议。差人一听，抢过状子就要走，马先生急忙拖住他。这是犯关节的事，哪个敢捺？差人说，那我替你出个主意，花点钱，把这箱子买下来，这事就罢了。马先生连连点头。恰在此时——连环画这一笔加得真好——街上响起锣鼓声，马先生伸出头往窗外看，一乘八抬大轿前呼后拥地过来了，官府过路，好不威武，鸣锣开道，闲人闪开，差人的话由此添了声势，他说的都是真的了。至少二三百两银子，差人说。那不能，

这时马二先生急了。他从书箱里拿出一个包，解了开来，把银子摊在桌上，然后把布抖了抖。那差人也看得怔住了，只得答应下来。（《枕箱案》第65页）

马先生说，即便公孙在家，他也拿不出这许多。几番谈不拢，差人又要走，马先生又连忙拉住他，掏出手机叫外卖，要请他吃饭——哈，马先生没有手机。他在楼梯口叫个书坊的伙计，去帮忙叫些酒菜来，大盘大碗，和官差边吃边谈。直到吃完仍没谈拢，马二先生急了。他从箱子里取出包袱，把里面的银子摊到桌上，还把布抖了抖："我所有的积储就是这九十二两银子，多一厘也没有了！"

差人也怔住了。眼见为实，马二先生被挤得干干净净了。这九十二两也不算小数目了，他言不由衷说了句："先生，像你这样血心为朋友，难道我们当差的心不是肉做的？……"于

《儒林外史》插图（人民文学出版社1977年版），程十发绘。

是由马先生做主，代公孙写下一纸婚书给宦成，了结此事。

马二先生带着枕箱，来蘧公孙家等他回来，慢慢跟他说起这事。公孙的脸一下飞红。“……幸得平安无事。我这一项银子，也是为朋友上一时激于意气，难道就要你还？但不得不告诉你一遍。”他来嘉兴选书的这几个月的薪酬，全都赔了进去，换回这个箱子来，让蘧公孙把它毁掉。他救了朋友一命呀！他说不用还，蘧公孙也就不提，马先生要离开嘉兴了，他来送行，封了二两银子相赠，这与他萍水相逢赠与那个给他惹祸的官吏的二百两，形成荒谬的比例。但，在银钱上全无算计方显名士本色，所以蘧公孙这样办事并没有错，马先生也不介意。

马二先生随后回到杭州。接下来，原著有一长段马二先生游西湖的情节，貌似流水账而有奇趣，可惜没编进连环画书里去。——而程十发先生为《儒林外史》作的十来幅插图，就是马二先生游西湖那幅最佳，他还把白描上了色彩，用作外文版书的封面。杭州景致旖旎，灵隐寺、钱塘门、苏堤、雷峰塔、净慈寺……马二先生腰里带了几个钱，独自一人到处走。路上碰见许多乡下妇女来烧香，俊的丑的，穿红着绿，他不以为意，倒是一路上时时碰到的许多吃食，让他喉咙里直咽唾沫。透肥的羊肉，滚热的猪蹄，海参、糟鸭、鲜鱼、馄饨，他都没钱买，只得吃了十六文钱一碗面，不饱，又买了两个钱的笋干嚼嚼，"倒觉得有些滋味"；再往前走，又买了些橘饼、芝麻糖、黑枣、板栗、烧饼之类的小零食，吃了一通，回来睡觉；次日又爬山，在山上又吃茶，买了十二个钱的蓑衣饼，"略觉有些意思"；走到山冈上，俯瞰江水，水平如镜，江上的船一个一个如小鸭子浮在水面，他心旷神怡。然后他又饿了，恰好碰见一个乡里人卖吃食，他高兴地买了几十文饼和牛肉，尽兴一吃，吃饱了。马二先生真土。但我们很想请他吃点啥，估计作者也是这意思。

2017年9月20—25日

超人匡秀才

匡秀才单名一个迥字，号超人。他出身贫寒，外出谋生，流落于杭州，得时文编辑家马纯上先生的资助还乡。马先生在街上碰到这青年，摆个拆字摊儿，手里拿本新编的文选在看。他身上衣服褴褛，显见得不会有人来找他“预测仙机”，马先生就说借他板凳坐坐。匡超人很来事，马上到隔壁茶室泡了一碗茶，陪先生坐着叙谈。马先生邀他到自己书坊，出个题目让他作文一篇，看他文章才气有，理法欠，于是给他详细讲解，教他许多“虚实反正、吞吐含蓄之法”，再赠他十两银子，还有书和棉袄等物，让他回乡去奉养父母、努力进学。这是匡超人命中遇见的第一个贵人：“你方才看的书，封面上马纯上就是我了。”匡超人感激流泪，与马先生对拜而别，结为兄弟——结为“兄弟”？听起来不大顺，仿佛是文章里一处不恰当的用词。

匡超人回到他乡下的老家。他家中情况困窘，老父病在床上动不得，哥嫂自顾不暇分了灶，房屋也卖了，业主天天来催逼搬家。这些艰难，都是他爹讲给他听的，他娘只是向他絮絮地诉说她如何想他：“有一天，我梦见你做了官，不理睬我俩老了，我哭了起来……”这些痴话与念想，原是孤单老妇的忧

上了楼，两人坐下了。马二先生劝匡超人去学做文章应科举，他出了一个题目，要匡超人写一篇文章看看。（《匡秀才》第7页）

惧常情，可是看到书的后来，会发现这些话似是谶语，是他人的陈情与表白，作者别有深意焉。

匡超人的哥嫂从集市上回来了。他哥挑着担子进门，那担子一头是个箱子，一头是个箩筐，箩筐上搭个木盒，盒上摆的都是小孩子的玩意儿，拨浪鼓、泥人、玩偶，我正说这画家画得有趣，看原著，原来他哥卖的就是这些：小孩子吹的箫，打的叮当，女人戴的锡簪子，还有芝麻糖、豆腐干、腐皮……都是些没要紧的零碎儿，难怪他生计艰难。匡大弄了几个菜给兄弟接风，这时三房的阿叔过来催房子。这幅图，妙在人情世故的刻画，三叔背着手进门，匡超人连忙丢下酒杯趴在地上行

匡大夫妻从集上回来，匡超人走出房来向哥嫂问好。他哥见他回来，觉得有了帮手，心里也很欢喜。（《匡秀才》第20页）

他哥去打了一壶酒，又买了几样菜，给兄弟接风。兄弟两个在堂屋里吃着，恰好三房的阿叔过来催房子。匡超人连忙丢下酒杯趴在地上，向阿叔磕头。（《匡秀才》第21页）

礼，三叔皱着眉，他明明是来作难的，可对着匡超人极乖觉地叩头打躬，嘴上也只好敷衍："好呀！老二回来了。"匡大则是呆呆地坐在桌前，眉头嘴角消不了的愁苦纹路就是表情，他木然无措，只呆看他这个兄弟怎么对付。一同坐下喝酒，三叔再提到房子的话，被匡超人一番既中听又委婉又爽快的话给拦回了，他答应过些时候再说。

匡超人安慰他父亲说，他有办法。他用马先生送他的十两银子做本，从集市上买回几口猪，斗把豆子，打算杀猪、磨豆腐赚柴米钱。晚上父亲睡下了，他点起油灯在旁边读文章，整夜地服侍父亲吐痰、吃茶、出恭——本来他母亲弄不动，他父亲出恭都是在床上的，他是摆好板凳、瓦盆，自己跪在地上把爹的两条腿捧在肩上，让他爹安安稳稳，"又出得畅快，被窝里又没有臭气"，也免得要洗垫布熏了他娘。他读书陪侍到四更鼓，才在爹的脚头打个盹儿，五更天又起身了，他要杀猪。杀猪可不是个容易活哩，他起早摸黑，还得有把力气才能对付。我们看见一间小屋里一口猪已经收拾停当，分劈开来吊在杠子上，那只猪头，蛮喜气地噘着嘴，匡超人已经在另一边磨豆腐了。世上有三苦：撑船、打铁、磨豆腐，磨豆腐也绝不是个轻活儿，工序繁复，驴子似的推磨打转，一块豆腐几个钱？但猪肉、豆腐，却是天天有人要，家家都要买的东西，加上匡超人嘴甜会说话——这是可以想见的，所以他生意不坏，每日不到日中就卖完了。若赚的钱多，他就从集上带只鸡，或一条鱼回来，陪着他爹，讲些笑话耍子。他爹日子过得称心，身子就舒

天还蒙蒙亮，他点上灯，把猪杀了，荡洗干净，又磨起豆腐来。
（《匡秀才》第27页）

泰许多。

这匡超人的精神头儿，确实超人：他早半天做生意，夜晚读文章、伺候父亲，得闲了他也不补觉，还溜到门首同邻居们下象棋。他舍得花这个工夫，不仅为了乐趣，他天性中本来有这一项，注重与人打交道，他后来一顺再顺的人生坦途，得到不少人的鼎力相助，这需要他与人周旋得来。前面马先生是第一桩；他在回乡的船上，对一同搭船的郑老爹，也是一口一声“老爹”，把他叫得满心喜欢，一开饭就叫他同吃，下船时一个钱也不找他要。人就是机遇——不论匡超人是否对此有明朗的参悟，他实际上在以身践行。他下象棋，一边就与人聊天，聊他的家事，村里人个个说他好，将来必定发达。这天夜里，村里失火，一派火光映红了窗纸，几百人声一齐喊起。匡超人还没睡，赶忙先抢一床被子在手，把他爹背到门外空地上。他哥也醒了，迷迷糊糊爬起来，只顾着他那副担子，那些芝麻糖和泥人儿，断的断了，碎的碎了；他嫂子看到丈把高的火头，腿都软了，不往外跑，只往后退。匡超人再返回屋里，拉了他嫂子，背起他母亲，冒着轰轰烈烈的大火夺门而出。他哥吓得不知躲哪儿去了，可见他不光是做生意不行，他这人做生意也肯定不会行。幸亏有匡超人，读孔孟文章，识孝悌之道，还懂得“嫂溺，援之以手者，权也”。

所以才有村里的潘保正出面帮他说话，借了和尚庵给他一家权住；才有知县经过，见到匡超人深夜读书，问询时潘保正又替他美言，说这个年轻人如何孝顺勤勉。于是知县发一张名帖，送匡生到县里应考，知县主考，取他为初试第一名，收为门生，再向上力荐，学道又认可，匡生再中第一名秀才。多少人满腹经纶，考多少回也考不中，匡超人把人做对了，关节一通俱通。到这里，匡超人做人的确是不错的，中秀才也预示他走向光明的未来，他父亲带着这欢喜的前景离世，却留给他这样的遗言：“德行是要紧的……即使将来做了官，也不要改变少时心肠，学那势利见识……寻一头亲事，总要穷人家的儿女，万不可贪图富贵，攀高结贵……”很不幸，他父亲告诫不要做的，匡超人偏偏做了。

他的道路颇曲折，做的事情不少，结识的人也多。一时受知县撤职查办的牵累逃往杭州去，在杭州寻马先生不遇，书坊却趁此请他编书，他干起来很快就上手。他还认识了一些所谓名士，这些人办诗会也邀他参加。潘保正的堂弟潘三在衙门当差，受堂兄委托，对他十分照顾。这潘三何许人？连环画对他的形象刻画得十分来神儿：六角帽、黑皂靴，内缚紧身衣，外披宽大氅，神情跋扈，举止豪爽。堂兄介绍来的人，他没得说，肯定关照，把他的那些黑白道路数都使出，罩住匡超人，也拉他入伙。匡超人帮潘三写张文书，得二十两银子，这钱太好赚了，他给书坊编一部书才得二两银子呐！他跟潘三越熟，胆子越大，后来帮人代考都敢去，进一回考场，二百两银子到手。一个渐渐阔绰起来的匡秀才，渐渐忘掉了过去的苦日子。

潘三待匡超人确实不薄，连婚事都给他介绍了。说合亲事一见面，原来介绍的就是那年同船回乡的郑老爹家的女儿，他们合该有缘，匡超人当年在船上一口一声的“老爹”原来是提前叫了未来丈人呀。他的娘子，书上只说“相貌端正”，我很喜欢画上她的模样，纯朴可爱，鸭蛋脸儿，额前一排碎发。这么好的姑娘，她爹娘想必是百般宠爱，才要招赘女婿，匡超人一个钱也不花，就得了这样一个妻子，岳父家，就是他家。

匡超人的人生，似乎是吉星高照，其实他很懂得趋利避害，与他有紧密关系的人的沉浮，他对他们会采取相应的远近政策。前面被撤职的知县没忘记他，翻身做了京官之后又让人带信来，让他去温州应考，他去了，果然又考中第一名贡生，随即整理行装，准备进京投奔恩师。潘三却是垮了，前一日匡

当晚洞房花烛，匡超人见新娘相貌端正， 自己不花一个钱， 得了这样一个妻子，真是大喜过望。（《匡秀才》第92页）

超人还跟他在一起，说倒就倒，次日他就被抓了。指控潘三的罪状太多：包揽词讼、私和人命、假造印信、拐带人口、重利剥削逼人身死、勾串提学买嘱枪手代考……匡超人吓得面如土色，怕牵连到他，来不及要躲。他住的房子，是潘三帮忙典下结婚的，他马上把它转手，妻子怎么办，他不顾反对，一定要把她送到他的乡下老家去。他只身一人到了京城，恩师问他有无娶妻，他答说没有——妻子是差役之女，说出来，不体面——于是恩师做主，招他为甥婿，让他娶自己的外甥女，也是入赘，婚事全由女方家操办。这小姐，容貌美丽，嫁妆齐整，非小门小户的郑家娘子可比，匡超人大喜过望，一意奉承。可怜他的郑娘子，带着幼女被遣回他乡下老家，人地生疏，诸事不惯，生了病又不敢让婆婆嫂子服侍，不到三个月就忧病身故了。匡超人本来心怀鬼胎，回乡听说此事，暗暗高兴，假哭一场，拿些银子出来就把丧事了了。同时了掉的，还有这些他过去缔结的，曾给他巨大支撑而不再有用了的关系。

潘三在狱中听说他回来了，托人带话，希望他能去探望一下，叙叙苦情。他对来人说潘三哥做的这些事，即使他做了地方官，也是要访拿的，去牢里看他怎么使得，会被上边知道。还是等他将来侥幸混得好了，再寄几百两银子来。识时务者为俊杰，匡秀才发迹，要上京城去做官了，老家乡里他安排去挂了匾、竖了旗杆，如马纯上先生最初教导他的那样，“荣宗耀祖”“显亲扬名”。但现在他已看不起马先生。人家问他马先生的文章选本如何，他答曰“不甚行”，书店要赔钱，他自己的选本则是供不应求，出刊必卖掉一万部。他说的，居然部分是实情——一部书三百篇文章，马先生字斟句酌要批两个月，不让人催；匡超人只需六天就批好交货，书店喜他是个快手，后来打新书广告，就把他的名字排在马先生前面了。

2017 年 9 月 25—10 月 3 日

严监生的困局

吴敬梓是很幽默的。他的幽默简约而淡，不动声色，藏在白描的句子中。他写假名士牛玉圃的外貌："一双刺猬眼，两个颧骨腮"，写坏人严贡生则是"蜜蜂眼，高鼻梁，络腮胡子"，都拿动物作比，是不是他在日常生活中看某些人很像动物呢？——动物，穿戴着人的衣冠，装模作样。写作的人，思维活泼，写的东西才好看。我看上美社的绘本《严贡生》，"蜜蜂眼"是怎么个样子，原来是两个肿眼泡，眼睛想必也是鼓鼓的。这一分册是李铁生画的。他这杆笔，铁线游丝般精准有力，连人物的胡须，都表情达意，哪个人该有胡子哪个人不该有，有的话是什么形态，长髯还是短髭，山羊胡或是狮子胡，配合人物的神态和处境，无不准确至极，非此不可。

原著中严贡生出场是在县衙外，他来拜访知县不遇，正碰上两位士绅也来看望知县，他趁机巴结，把挑来准备孝敬知县的酒食就在旁边关帝庙里请两位。绘本把发生在之前的事情挪到开头：严贡生清早起来准备出门，看见他的两个最小的儿子在门外撵猪，就问："大清早上，撵猪干什么？"两个儿子说，

他换上新的方巾，一摇一摆地走出门来，忽然看见他的第四、第五个儿子正起劲地把一口肥猪撵得嗥嗥直叫，没头乱窜。他就喝问了一声。
（《严贡生》第2页）

是隔壁家的猪。严贡生一听暗喜，就让儿子把猪赶进自家猪圈，嘱咐谁讨也不放。然后他上县衙去了，与两位士绅吃酒交谈："……实不相瞒，小弟为人率真，在乡里之间，从不晓得占人寸丝半粟的便宜，所以历来的县官，都十分看重小弟……"他说得道貌岸然，其实这句话恰好漏了他的底——一个做贡生的，被县官看重，理由竟是从不占人便宜，十分不通，他这么讲正说明占人便宜在他心中就是头等大事。他夹起一块肥肉，送进嘴里，"抿了一抿"——这个动作是连环画里加的，绝妙，看他从这块肥肉里抿出多少肥油吞了。这时，他家里一个小厮蓬

严贡生正说得高兴，一个蓬头赤足的小厮走了进来，望着他道：“老爷，家里请你回去。”严贡生心里有数，脸色不由一红。（《严贡生》第11页）

头赤脚地跑进来，说：“老爷，早上关的那口猪，人家来讨了，在家里吵哩！”他脱口答：“他要猪，拿钱来！”嗬，这个话夹断了他方才的文绉绉，响亮好听，这情境也讽刺之至。连环画把对白里交代的情由都画出来了，两个小儿撵猪，憨态可掬，严家住的街巷也甚有趣致。

原著中的讽刺笔法时时都在。后文还有严贡生的二儿子结婚，接亲后包了两只船回来，快到了，严贡生站在船板上想心思，突然头晕眼花，呕出许多清痰，仿佛要跌，两个家人来富和四斗子忙架着他上床躺下。严贡生哼唧着，开箱子取出一方云片糕，一片一片剥着吃，“喝了几口滚茶，将肚子揉着，放了两个大屁，登时好了。”——妙文也，好一个“登时好了”，只奇怪他怎能真的应时放出两个大屁。剩的几片云片糕搁在船板上，船家以为他不要了，随手拈来吃了，他却在下船后突然折返，问：“我的药呢？”连他的四斗子都晕：“哪儿来的药？”那老实的船家接口答：“想是刚才船板上几片云片糕，老爷剩下不要，小的大胆就吃了。”好嘛，严贡生登时大闹起来，说那是他花几百两银子配成的药，又骂又要拉船家见官，就此赖掉了船钱和搬运费。

但《儒林外史》经常被摘引出来的却是两根灯草那一段，不是严贡生，而是他弟弟严监生，使他倒霉的弟弟成为吝啬鬼的典型遭人嘲笑。严监生是个安分守己的人。若说吝啬，把他的故事从头到尾看一遍，会发现他其实花了许多钱，仅给他妻子治丧，就用了四五千两银子，花费惊人，他没说舍不得。让严监生花钱的地方很多，动辄一两百三五百，一百两银子可不少哟，不是一百元。而他的确是个俭省人，他们家日常是怎么用钱的，他曾讲给他的两位舅爷听：

“不瞒二位老舅，像我家还有几亩薄田，逐日夫妻四口在家度日，猪肉也舍不得买一斤；每当小儿子要吃时，在熟切店内买四个钱的哄他就是了。家兄寸土也无，人口又多，过不得三天，一买就是五斤，还要白煮的稀烂。上顿吃完了，下顿又在门口赊鱼。当初分家，也是一样田地，白白都吃穷了。而今端了家里梨花椅子，悄悄开了后门，换肉心包子吃。你说这事如何是好！”

节俭人看铺张人，肯定是百般看不惯，讲得稀奇，他两个舅子听得哈哈大笑。严氏兄弟分了家，两隔壁住着。严贡生名严大位，字致中；严监生名严大育，字致和。这两兄弟的名字合起来正是曲阜孔庙大成殿匾额上的四个字：中和位育，吴敬梓拆分得准确，兄的名字霸道，弟的名字软和，名如其人。两兄弟一个贡生一个监生，贡生比监生高一个级别，严监生的头衔是捐来的，严贡生则是善钻营而被提拔的。严监生在临终前道出心声，他一生，“终日受大房的气！”他的心是苦楚的。

严监生的苦处，大半在于他的奸兄。他哥真是个流氓无赖：扣住别人的猪，要人家拿钱来赎，还把人打伤；为并未借出去的钱索要利息，又把人打伤；坐船，拿几片云片糕讹诈船家；并且图谋抢夺弟弟的家产，还要把弟媳逼出严家。惹出事来被人告状，他就拍屁股溜了，让弟弟去帮他收拾烂摊子。这种事肯定经常发生，官府找不着哥，就来隔壁敲门找这个弟，“只拣有头发的抓”，严监生胆小怕事偏又有钱，他一定深以为苦。他请了两个舅子来商议，舅子说，把猪还人家，把借据还人家，再赔些钱。严监生说：“老舅怕不说的是。只是我家嫂也是个糊涂人，几个舍侄，就像生狼一般，一总也不听教训。他怎肯把这猪和借约拿出来。”他当然清楚他哥一家是何等样人，他说得很节制了。俩舅子说，那只好你认晦气，拿钱折猪价，借约我们作中间人，写文书作废。严监生怕跟衙门打交道，由两位舅爷拿钱去办事，这里那里各处摆平，严监生再办酒席谢他们两个。虽说是亲戚，这两位舅爷也不是省油的灯。“奸兄狠舅”，他的命运配置跟王熙凤女儿巧姐差不多了，严监生的一个舅子跟贾琏的舅子还同名同姓，都叫王仁。

严监生夫妻四口，妻子王氏病病歪歪的，也没生养，一个妾赵氏生了个儿子三岁。王氏很贤惠，在病重时严监生流着泪对她的两个兄弟说她嫁来二十年，真是他的内助！严监生有一大注银子放在典当铺，每年利钱三百两，就作为王氏的私房钱，据赵氏说，奶奶自己舍不得吃穿，都舍给别人了。他们一家四口都是俭省人，日子过得齐心，王氏若是病死，把赵氏扶正是最佳方案，严监生就是这个意思，在赵氏心里这更是最盼望的事，只是对着王氏不好开口，但若不趁她还在时让她自己亲口说定，以后更不好办。故此赵氏在王氏面前做足了功夫，除了侍奉汤药，做小伏低，又摆香案求神说要替大娘去，因为，“若大娘有个长短，他爷再娶个大娘来，孩子料想不能长大。不如我早些替了大娘去，可保得孩子一命”。一回两回地又哭又说，终于让王氏开口说出她要的话。严监生赶忙叫人去请两位舅爷——扶正的事，他最怕两位舅爷不答应，两位来了果然虎着脸不作声。还是得花钱，每人一百两，舅老爷立马笑逐颜开，表态这事由他们做主，让严监生再拿些钱出来大办酒席，把所有亲眷都请来，当场办仪式，“看谁人还敢放屁！”于是立即备办，诸亲六眷都请到了，唯独隔壁的大老爹家，五个亲侄子一个也不到，大老爹当然也不在。严监生与赵氏拜天地，

自此以后，王氏的病一日重一日。这一天，看看不济事了，严监生就想把小老婆赵氏扶正，因怕两个舅爷不答应，就把他们请来，趁王氏未死前说好。两个舅爷听了，虎着脸默不作声。（《严贡生》第49页）

拜祖宗，在已经昏过去了的王氏床前磕头写遗嘱。在外间二十多桌酒席吃到半夜的时候，王氏在里间去世了。好歹，一件大事总算是办成了，赵氏真心感激两位舅爷，办事乱糟糟时被两位舅奶奶趁机掳去的金珠首饰都不论，还把王氏的私房钱也赠送，田上收了新米小菜、鸡鸭火腿之类，也都多多地着人送去，她一个妇道人家，还指望着将来两位舅爷能帮忙哩。

妻子病逝，严监生着实伤痛。二十年柴米夫妻，同甘共苦，感情是真的，她去了，他心里凄惶，“如今丢了我，怎生是好！”确是他的肺腑之言。他终日不出门，在家哽咽哭泣，

一直拖到第二年立秋，病还不见好，又舍不得银子买药吃。这天，他想到早稻未收，心里着急，只好打发管家的下乡去。管家走后，自己又不放心，只是烦躁。（《严贡生》第59页）

神思恍惚。这样他就病了，心口疼痛，饮食不进，书上说是“肝木克了脾土”。妻子病中，他延请名医，煎服人参，轮到他自己，却舍不得吃人参。他本是个瘦人，病后更是骨瘦如柴，两腮塌陷，但每天还是撑着管事，算账到三更鼓。赵氏劝他丢开些，他摇头说：“我儿子又小，你叫我托哪一个？我在一日，少不得料理一日。”他是个操心人，多少事叫他操心呐。严监生一生节俭，攒下了十万家私。那么多家私，那么多田产，多少事情——立秋了，他想到早稻未收，心里着急，打发了管家的下乡去，又不放心，只是烦躁。钱财积聚太多，成了牢固的枷锁，他不能享受，反被消耗。叫他怎么办哪？《儒林外史》中有些豪富盐商，大兴土木建花园楼阁，一年娶七八个妾，家里设有药房，冬虫夏草当饭吃，闲时看药匠弄人参。严监生根本不可能这样过日子，硬要他吃用些好东西，他只会觉得受罪。他晓得自己活不长了，困局凸显——钱在日常花不掉，又带不走，几十年聚敛它们的意义都值得怀疑，总不成是为了办丧事时流水般花了去？他一生克勤克俭，难道错了？像他哥那样把东西都吃到嘴里，还抢别人的，反倒赢了？让严监生这样一个人在生命末端时思考这些无解的问题，很残酷。萧萧落叶打得窗子响……他长叹一声。他只能设法让属于他的钱还存在那里，让他的家业持续运转，好歹他还有个儿子将来可以继承，意义就存在，他也可以暂时免于思考。

严监生临终前，说不出话，伸着两根手指头，总不肯断气。桌上点着一盏灯，家人亲戚围了一屋子，众说纷纭，问他是什么意思，他都摇头。不是有两个人，不是有两件事，也不是有两处田产或两笔银子；还是他的妾知他的心，揩干眼泪，对他说了一番话："……你是为那灯盏里点的是两茎灯草，不放心……"走去把那两根灯草挑掉一根，他点点头，闭眼了。赵氏做对了，但也许她没说对。严监生未必是嫌两根灯草费了油，他可能是嫌两根灯草灯太亮，晃他的眼睛。他难道现在还看不开，省下一根灯草有无意义？也许他比出的这个"二"另有含义，是一个苦痛的隐喻，一个苍凉的手势。

严监生还是心地良善了。他夫妇俩拿了大把银子送给他的兄嫂、侄儿、舅爷等人，还是不能阻挡他大哥对他家产的觊觎。而收了钱的两位舅爷——一个叫王德、字于据，一个叫王仁、字于依，他俩可不管他们做证立下的文书有据可依，眼看着赵氏要被排挤出门，不帮忙不理睬，不仁不德扬长而去。严监生身前再怎么操心，也没考虑到他死后出现这个局面该怎么办。

2017 年 10 月 11—14 日

沈琼枝姑娘

《沈琼枝》为连环画名家钱笑呆的代表作之一。钱笑呆先生一辈子不晓得画了多少古代女子。我有他画的《钗头凤》《玉堂春》,《钗头凤》应是他早期的作品，里面那个苦命的唐蕙仙像个木雕美人，悲戚惊惶，连陆游都像还没成熟，总是躬腰屈膝，慌慌张张的，难怪他屈从母命休了妻子。《玉堂春》十分精致，重情重义的苏三，自小在妓院里长大，斡旋于鸨母与众客之间，她不是个嫩雏儿，备受折磨依然很美，神情自若。钱先生的画笔，同他笔下的女子们一起历练成长，到他画沈琼枝时，这个沈琼枝就颇有蕴蓄。原著只写她厉害，为什么厉害，钱先生的线条替她道出，或许她身上依稀有其他女子的影子做底：幼女李寄斩蛇，荀灌娘搬兵救城，这些烈女故事，沈琼枝姑娘也都是知道的。

沈琼枝第一幅露面的样子，是坐在窗前娴静地写字。她是常州人，母亲早丧，跟着做教书匠的父亲长大，正待字闺中。看完她后面的故事，真让人诧异：这女子哪来的那么大见识跟胆识！只十八九岁，也没出过门，她的见识来源，只能是她父亲的那些书。她父亲肯定也没少教她，可她的见识明显高于其

明朝末年，常州有个聪明美貌的姑娘沈琼枝。她是贡生沈大年的女儿，不但能吟诗、挑绣，还写得一手好字。（《沈琼枝》第1页）

父，同一件事，她父亲告官府输了，她自己想办法赢了。她读书也没读呆，不被“宁为玉碎不为瓦全”之类的论调所误，“兵来将挡，水来土掩”才是她的处世风格，她从头到尾一点都不慌张。

> 毗陵女士沈琼枝，精工顾绣，写扇作诗。寓王府塘手帕巷内。赐顾者幸认“毗陵沈”招牌便是。

在明代（实是清代，《儒林外史》是借明写清）的南京，有妇女挂出这么一块招牌来招揽生意，怎能不惹人议论。如书中迟衡山的说辞："南京城里是何等地方！四方的名士还数不清，还哪个去求妇女们的诗文？这个明明借此勾引人。"沈琼枝自己也说道："我在南京半年多，凡到我这里来的，不是把我当作倚门之娼，就是疑我为江湖之盗。两样人皆不足与言。"而亲身去拜会过她的杜少卿、武书，则是这么看她的："这个女人实有些奇。若说他是个邪货，他却不带淫气；若是说他是人家遣出来的婢妾，他却又不带贱气。看他虽是个女流，倒有许多豪侠的光景。他那般轻倩的装饰，虽则觉得柔媚，只一双手指却像讲究勾、搬、冲的。论此时的风气也未必有车中女子同那红线一流人……"他们尚未弄清她的出身来历，看她的眼光倒是相当欣赏，其实看人也如照镜，你对一个人的印象，也常常从中照出了你自己的幽微，你的内心之像。《儒林外史》中的杜少卿乃作者吴敬梓自况，他就这样把她看准了：一个奇女子。

这样的奇女子实有其人，有人考证沈琼枝的原型是袁枚《随园诗话》里的松江张宛玉，她从淮北大盐商程家出逃来到南京，以写扇作诗、代人刺绣谋取生活。后山阳令行文江宁关提张宛玉，江宁知县袁枚爱惜她的诗才，将她从宽开释。进入小说里，袁枚不见了，提审沈琼枝的江都知县奸猾，被她当堂驳斥。她的被开释，一是杜少卿托人情，二是钱帮忙——因为盐商不肯出钱，江都知县说"偏不判还给他"，顺水做人情放沈琼枝回家。沈姑娘这半年多的经历，艰难、冒险但光华四射，作为全书中唯一现身留名的"儒林"女子，作者对她表达了充分的爱敬。

过了些日子，宋家差人把聘礼抬来，只见绫罗彩缎、金银器皿，样样都齐，桌上五光十色地放了一大堆。琼枝却连眼皮也没抬。（《沈琼枝》第8页）

说起她被骗婚这桩事，她父亲沈大年的确得担几分责。像沈姑娘这样的出身、教养，在婚姻上很容易弄至高不成低不就的尴尬处境，而那个在扬州城里开五爿典当行、十家银楼的宋盐商来提亲，关键还是沈大年动了心。他觉得这是百里挑一的机会——他想到了自己的后半世生活无着。当他问女儿：“你觉得怎么样？”女儿的默不作声，其实就是不愿意的表示，而他连连催问，琼枝只说一句：“由爹爹做主吧！”女儿长大了就要出嫁，撇下相依为命的老父孤单无靠，那么就听凭父亲的意思，找一个多少能够照顾父亲一些的人，算是女儿尽孝，免得父亲白养了一个女儿。至于宋盐商送来的聘礼，绫罗彩缎、金银器皿，她何尝看过一眼？她对这门亲事的断然反对，是后来在公堂上朗声说给大家听的："我虽不才，也颇知文墨，怎肯把一个张耳之妻去事外黄佣奴？"对把事情办坏了的父亲，她一声也没埋怨。

宋盐商来信，让沈大年送女儿到扬州去成亲，两父女收拾了包袱坐船去扬州的情景，让我感到凄凉，且不祥。到了扬州，住在客栈里，一顶轿子来接，冷冷清清的，只有两个轿夫，没有笙箫鼓乐，没有从人——越看越像是娶妾的光景。妻还是妾，这问题天大，沈大年这样的读书人越发看得紧要——他后来得到证实的那一刻，只觉得天旋地转，踉跄欲倒——此时他问女儿怎么处。在说媒的阶段，娶妻还是娶妾，大约打含混的人也不少，像西门庆托媒说合孟玉楼，孟问起，媒婆答以"请娘子到家主事"，听上去像是做正室，其实不是。当下沈琼枝说："事到如今，不去反受人议论，我自有主意。"她对镜修饰好脸容，戴上珠冠，盖上头盖——老父亲在旁呆看着；她是新娘，上了轿，去了——老父亲流下眼泪。到了宋家，还顺带管着孩子的老妈子那一声"沈新娘来了"，分明是说娶的是妾。老妈子让沈新娘从水巷里进去，沈新娘偏走上大厅端坐，要请老爷出来说话，要他拿婚书来看！

全家都吓一跳。报给老爷听，正算账的老爷气得红了脸："我们这种人家，一年少说要娶七八个妾，都像这般淘气起来，这日子还过得？"听听，他用的词是"淘气"，不是"胡闹"或"混账"，倒带有三分宠爱纵容之意。他躲起来不见面，说"老爷今日不在家”，并让人给客栈里的沈父送去五百两银子。这是胆气不足，先让一步，还是继续使心计，想坐实了买妾的事实？沈琼枝却在他的园子里从容住下了，她想的是：这样幽雅的地方，料想那盐商也不会欣赏，且让我在此消遣几天。真亏她好定力，这种情形下还有消遣的闲情。盐商当然不会欣赏，明代的盐商就好比当今的煤老板，挣了大钱就买地盖房，房屋园林的装修也不过按流行样式请匠人做，建好了房再买妾，两样行为在他都是置业，他要什么欣赏？沈琼枝住了几天，不见消息，料定盐商是使手段安顿了父亲，马上决定逃走。她逃走也不空手，把房里所有的珠宝首饰都打进包袱，把七条裙子都穿在身上——这叫做，包袱该重就重，该轻就轻，要不拿他的钱，她怎么逃得出去，又怎么走得远呢？

娶亲这事从头到尾，宋盐商都没看到新娘一眼，他冤大了。把她关在园子里住着以为她不会跑，自己不敢去近身，令人联想到猪八戒对高小姐的作为，与此如出一辙，孙悟空听了这种情况评论说：“这妖怪倒也老实。”然后沈琼枝卷了他屋里的东西跑掉，他告官要求帮忙解决，可见他没有豢养家奴充当城市警察，他安生当着个土财主，娶妾本是要过日子的，东西丢了要追哩。沈琼枝出了他的门，一时不便回家，决定到南京去过一段时间。她会作诗，会绣花，就打算以自己的本领挣钱养活自己。别人或许觉得这是异想天开，南京多的是才子，还会有人来买你这妇人的诗？她想的却正相反：南京有多少名人在那里，或者遇着些缘法出来也未可知。人与人的想法真是不

船到中途，琼枝心里暗暗盘算:如果回常州故乡，不但惹人耻笑，而且容易被宋盐商寻获，自己会做几首诗，不如到南京去卖诗度日。（《沈琼枝》第43页）

同，所以人世的路有千百条。沈琼枝姑娘走的是条险路，她凭着一个非常强悍的“我要活下去”的本能，超过了许多不凡女子。林黛玉的诗肯定比她做得更妙，可碰上这种事唯有哭死；薛宝钗除了作诗，俗务也甚通，连药铺里怎么做手脚都清楚得很，可是她的教养太正统，使她想不到女子可以走出闺门、写诗换钱这样的主意；正路不正路的金银，王熙凤也会拿得不含糊，但出了贾府的门她就不是当家奶奶，还怎么办事呢？尤三姐是够泼辣了，对付那些市井小混混比沈姑娘更强，而她的危险是会被自己的刚烈杀死，她的赢常常是以性命相拼。一个孤身女子，流落到黑暗的社会上，既没有客死异乡，也没有沦落风尘，她居然靠自己绣花、写诗挣到了钱，且与名士唱和，赶走了地痞流氓，斗败了奸狡的盐商，最后还把索贿的公差推了个仰八叉。她在工作之余，还到秦淮河上游览风光，这样从容度日的心态，真的是一种能耐和修为啊！

在南京，如她先前的乐观预想，还真给她遇见了名士、豪杰杜少卿。杜少卿欣赏她的才情，更敬重她视盐商的豪富如土芥，他不仅送她诗集、银两，还写信托人情，请南京知县帮忙了结她的官司。南京知县听说她会作诗，请她当堂作了来看，她马上作出一首，又快又好。这诗未见其详，吴敬梓没有像曹雪芹那样，托拟女子的口吻做出诗来给我们欣赏，而此情此景，我们在别的地方似曾相识，如严蕊，她在公堂上信口吟出的《卜算子》：

> 不是爱风尘，似被前缘误。花落花开自有时，总赖东君主。　　去也终须去，住也如何住！若得山花插满头，莫问奴归处。

这就是女子作的诗词，又快又好，打动了官员将她当庭释放，流传到今天让我们读了也喝彩。闺阁中历历有人也！袁枚欣赏张宛玉，吴敬梓欣赏沈琼枝，尽管袁与吴同居金陵多年而不相往来，两人的著述中都没有出现过对方的名字。

沈琼枝的经历传奇，结局则或许平常，她回常州与父亲团聚去了，将来会否另嫁，不得而知，并没像戏文里那样中个女状元之类的。可是，中女状元何用?《儒林外史》的开篇就说了，世人舍了性命求功名，及至到手之后，味同嚼蜡。以沈琼枝姑娘这样乐观坚强的心性，她的平常日子，也一定是过得有滋有味的。

沈琼枝生得很标致。她从常州到扬州，再到南京，依然梳着她的“下路绺裘”，小地方的打扮，并不入乡随俗改作其他人认可的样式。淡淡妆，天然样，她就是这么一个不一般的姑娘。

2012 年 6 月 27—7 月 4 日

尽是进士近视

《水浒》的开场人物，是九纹龙史进，而前面还写了一个王进，乃是东京八十万禁军教头，为躲避高俅陷害，前去投奔老种经略相公，途中借宿史家庄，教了史进半年武艺。史进自幼喜好抡枪使棒，先后跟过七八个师父，在王进看来，他学的都是些花拳绣腿，需要推翻重来。短短半年，史进将十八般武艺从头学起，学到精熟，王进点拨得件件都有奥妙，塑造了梁山一百单八将之一的史进。随即，王进这个人物就从书中消失了，神龙见首不见尾，倒格外造成“真正的高手在武林之外”的效果。就行文看，他也需要销声匿迹，因为后面还有另一位东京八十万禁军教头要出场——林冲。林冲的英武须重墨形容，王进只能略过，王进是史进的师父，要知王进，只看史进便可。

《儒林》里也有“二进”：周进、范进。他俩都是多年蹭蹬科举，直至头发花白才进学的典型，两人也彼此有互文性：进学前事，看周进；进学后事，看范进。范进中举不必赘述，这一段入选中学课本数十年，学生连应试八股文都做出来了，他丈人胡屠户臭骂他的奇文，一按键就能在脑海中自动播放：“像你这尖嘴猴腮……不三不四，就想天鹅屁吃！”范进能考中

范进因没有盘费，去和丈人商借，被胡屠户骂了个狗血喷头。
（《范进中举》第66页）

秀才和举人，是因为碰到了周进。

周进到六十多岁都没有考中秀才，依然是一个童生。不得已，他应聘到一个乡村去教书糊口，几个乡绅一起请他教几个孩子，讲定一年馆金十二两——各家分别交了来，有的一钱，有的几分，也难算了——把他安排在村中和尚庵里歇宿，每日扣除二分银子饭费。伙食标准我们见过：“一碟老菜叶、一壶水”，算下来还占了他每日收入的六成，假定他此外再无花费，一年辛苦，也仅剩四两七钱银子节余。他的酬金低微，因为他没有功名，平素还饱受侮辱欺凌。他刚到，给他接风的宴席上，乡绅中有一个刚考中的梅秀才故意拿腔作调，说学里规矩，不论长幼，八十岁未中的童生也叫小友，不过今日不同，还是请周长兄上座。坐下了，一声“请”，这些乡绅的筷子如风卷残云，桌上的菜顿时去了大半，周进一筷未动，他吃长斋。梅秀才见状，即席念了一首诗：

> 呆，秀才，吃长斋，胡须满腮，经书不揭开，纸笔自己安排，明年不请我自来。

哄堂大笑中，周进只是个忍。平时还有多少事需要他的忍：那些孩子都像蠢牛一般，给他们讲书，咳！又顽皮管不住，他一背转身，全都溜到外边玩去了。偶尔来个举人避雨，闲谈中听说一个孩子名叫荀玫，惊奇地说：“呃——我在梦中看见会试榜，我中了第一名，第三名也叫荀玫，难道我将来和他同榜不成？”这种荒谬的言论，被孩子传给各家父兄听，所有人都很不满意，说必是周先生看荀玫家有钱，捏造这话来奉承，图他家逢年节多送吃食——这些话，哪里听得，怄气都要怄出病。周进为人迂讷，立身不住，不久被辞退。在家饿着肚子啃书也不是事，无可奈何，跟随他姐夫去城里做管账。

周进在济南府的大街上，看到了贡院——也就是考场，触动心事，一定要进去看看。被鞭子驱赶也断不了念头，他姐夫就使了些小钱同他进去看。他这一看，几十年蓄积的痛苦找到了出口——他一头向号板撞过去，昏迷倒地，被救醒过来，又顺着一号、二号、三号号板轮番去号哭，满地打滚，直哭到口

申祥甫也嫌周进呆头呆脑，不知道常来奉承，到了年底，就把他辞退了。周进只得背起包裹，垂头丧气地回家去。（《范进中举》第22页）

周进走到里边，见两块号板摆得齐齐整整，不觉眼睛里酸酸的，长叹一声，一头向号板上撞了过去。（《范进中举》第31页）

吐鲜血。这惨状让他姐夫一行杂货商人心中凄惨，于是由他姐夫牵头，大家慷慨解囊，凑足二百两银子给他捐了个监生，有了入场考试的资格。周进如获重生，神助不如人助，一考即中举，上京会试又中进士——这毕竟是小说。真实的人生如蒲松龄，十九岁应童子试，接连考取县、府、道三个第一，名震一时，而其后五十多年屡试不第，一直不能中举。

“在清一代，在科举考试中落败的男性知识分子转向小说写作是十分常见的现象”，海外汉学家作此观察，假如蒲松龄、吴敬梓、李汝珍等人彼此认识，那他们真是大有可谈。就科举、应试、八股文章，明清的读书人都会谈出一套心经。蒲松龄在他的短篇小说里，把读书人参加乡试的情景描述得穷形尽相：

> 秀才入闱，有七似焉：初入时，白足提篮，似丐。唱名时，官呵隶骂，似囚。其归号舍也，孔孔伸头，房房露脚，似秋末之冷蜂。其出场也，神情惝恍，天地异色，似出笼之病鸟。……

周进进考场的情形，他自己是看不到的。他中进士之后升任御史，钦点广东学道，主持考场时看一众考生入场，可以看到他自己的影像——看，最后进来的一个老童生，面黄肌瘦，一脸花白胡须，头戴一顶破毡帽，十二月的天气还只穿一件麻布直裰，冻得乞乞缩缩，接了卷子下去归号。这位童生，周进有点恍惚，很像不久前的自己，年相若，貌相似，再看名字，居然还同名，也是叫“进”而不进。周进不觉动了恻隐之心，决定要仔细留意他的卷子。范进居然是第一个交卷的。他身上衣服朽烂，在号房里又被扯破了好几块；周进低头看看自己身上，绯袍金带，何等辉煌——仿佛是，一半的自己终于“进”了，还剩个魂魄穿着旧衣衫继续在原地挣扎，依然故我。周进问范进多少年纪，考过几次。范进答，童生册上写的是三十岁，实际已五十四岁了，从二十岁应考，共考过二十多次，至于为何总不进学，“总因童生文字荒谬，所以各位大老爷不曾赏取”。他说得低调，周进这忠厚人越发要仔细看了。

他用心用意读了一遍范进的卷子——这文章说的都是些什么话！怪不得不进学！他丢过一边。又坐了一会，不见一个人来交卷，范进的卷子他又拿过来看，心想倘有一线之明，也可怜他的苦志。从头到尾又看一遍，刚觉得有些意思，一个叫魏好古的年轻考生来交卷。他交了卷，突然跪下说：“童生诗词歌赋都会，求大老爷出题面试。”这好比在高考考场，一名考生试图走另类路线，要求老师单独给他另考才艺，破格录取。周进变了脸色，喝令差人把他赶出去，但还是看了他的卷子，觉得文字还清通，就做个记号。他又回头再读范进的卷子，这回居然赞叹起来：“这样文字，连我看一二遍也不能解，直到三遍之后，才晓得是天地间之至文，真乃一字一珠！”即取笔细细圈点，卷面上加三个圈，填了第一名，那个魏好古，则取作第二十名。

这两个人能考中，首先占了交卷早的优势，使考官有时间看。清代考学流传有“快、短、明”的说法，督学按临各郡考试秀才和童生，每次十多场，公事繁冗，期限太紧，不可能从容评阅考卷，而往往是“定弃取于俄顷之间，判升沉于恍惚之际”，偶然性强，无理可讲。写得快，得考官寓目时间较长，写得慢到最后扎堆交的，考官匆匆一瞥，甚至前面名额已取满，后面的都不看了。范进有幸得了周学道的恻隐同情，卷子被反复看了三遍，他的文章显然不属于明快直白的那类，一般情况下会立即遭淘汰，此时一个魏好古轻狂跳脱的做派，难说是否帮了他的忙，衬托出他的规矩古拙，是周进认定的正路。周进有心要成全他，三遍看过之后，观感由最初的“是些什么话”，竟逆转到“天地之至文”，极其戏剧化。发榜之后，范进等人来谒见考官，周进对他大加勉励，说他“即在此科，一定发达，我在京专候”，有他这句话，范进中举是一定的事了。周进秉性忠厚，升任学道之后或许应该把形容他的词汇升级为“宅心仁厚”，他的想法是，自己在科举一途吃苦久了，如今当权，须要把卷子都细细看过，不可屈了真才。他的确在这样做，所以连被他赶出去的魏好古的卷子，他仍然认真看了并取中。不过，他才只看了范进和魏好古的两份卷子，就把他俩定了名次，极不严谨。周进的人品不坏，但才学眼光究竟如何，原著没写，我们也不知被他称道的范进的文章究竟是否一字一珠，看范进的形容、言语、举止，似乎难以置信——我是不是也被他的丈人胡屠潜移默化地影响了，不相信他这么个人会是文曲星下凡？看画上的范进，不仅是衣着寒碜，气质也是十分地寒碜。

原著草蛇灰线，在几回之后用春秋之笔解答了这个疑问。范进先中举人后中进士，钦点山东学道，赴任前来叩见已升任国子监司业的周进。周进想起从前在山东乡下教过的一个学生叫荀玫的，托范进留意。恩师有命，范进哪敢怠慢，到山东后遍查考卷找荀玫。录取的卷子里没有，落榜的卷子，对着名字、坐号，一个一个细查，查不到的当儿有个幕客讲了个笑话，说数年前有个幕客醉后说了句“四川如苏轼的文章，是该考六等的了”，学差记在心里，在四川三年到处细查，不见苏轼来考。原著在这里写道：“范学道是个老实人，也不晓得他说的是笑话，只愁着眉道：‘苏轼既文章不好，查不着也罢了，这荀玫是老师要提拔的人，查不着，不好意思的。’”——答案在这里了。范进连苏轼何许人都不知，他作的文章如何可想而知。而他到底找着了荀玫，取中他，应了多年前傲慢对待周进的某举人的荒谬的梦。真不知世间事是怎么个运行逻辑。周进和范进肯定都是近视眼，科举考试就在一个循循相因的近视轨道上取中一些大致凑巧的人。

吴敬梓的友人程晋芳，世代在淮安业盐，后中进士，参与纂修《四库全书》，是清代中叶著名的藏书家和诗人，他写的《文木先生传》是有关吴敬梓的最为完整的传记。所记吴敬梓有二：一个最恨盐商，一个对写八股文的人恨之如仇。事实上程晋芳乃盐商俊彦，曾多次给吴敬梓以生活资助，在对八股文的态度上，程认为吴做得过分了。《儒林外史》中，范进不知道苏轼，另一位八股行家马二先生也不知道李清照、苏若兰、朱淑真等女诗人，当然这正常得多。从事情的某个侧面上讲，他们这些八股行家不读诗不写诗，并不证明写作八股文的训练对写诗没有帮助。方家之言：“八股文的内容新意不多，然而其表达却力求花样翻新而又严守矩镬，优秀八股文的布局和内在逻辑联系都值得称道。作为一种技术性的对思维的严密性、敏锐性、准确性的训练，写八股文无疑有助于完善诗的章法。”这有些类似于学术训练和文学写作的关系，但吴敬梓肯定听不进去。

2018 年 4 月 16—17 日初稿

4 月 26 日修改

名士风度及文章与食色金钱之关系

中国第一流的古典小说中，《儒林外史》的流行最不广。作者是追求理想、不同流俗的知识分子，他的题材范围、识见趣味预设了读者群体不是大众，而是文人，所以胡适、鲁迅、茅盾、钱玄同这些后世大儒都是《儒林》的热心读者。书中所写的那些儒士、名士，不论俗雅、真假，都是可以彼此对话的读书人，他们与书外读者们的语汇也大体相当。“《儒林外史》的语言是长江流域的官话。”胡适如是说，说得挺妙，用语言特征涵盖了书里书外这一群人。

一个出身簪缨世家、讲究诗礼教养的文人写的小说应有这样的风范：思想端庄、见解超拔，同时，语言简净、不枝不蔓。在情节设置上，作者与贾府史太君秉持同样观点，才子佳人的模式他肯定是瞧不上的，即使写到，也是反讽，目的是要拆解。

吴敬梓写了不少名士。其中一位极其出众，若按俗滥小说模式，主角必非此人莫属——

那正是春暮夏初，天气渐暖，杜公孙穿着是莺背色的夹纱直裰，手摇诗扇，脚踏丝履，走了进来。三人近前一看，面如傅粉，眼若点漆，温恭尔雅，飘然有神仙之概。这人是有子建之才，潘安之貌，江南数一数二的才子。

此人姓杜名倩，字慎卿，出身于“一门三鼎甲，四代六尚书”的天长杜府，在杜府众弟兄中排行十七，儒林人称杜十七老爷。杜慎卿仪貌惊人，他出场时的这番描写，是三个俗秀才眼中所见，待他出言吐语，评点其中一人的诗作，先扬后抑，几句话把个秀才说得透身冰冷。他批评的诗句是：“为花何苦红如此？杨柳突然青可怜。”——小清新体，诗作者想必得意，而杜慎卿只略赞一句“清新”，随即指出其加意做作，为诗便失了“气体”，以致诗味索然。他不仅批评诗人，还批评读书人无不景仰的方孝孺“迂而无当”，且褒议明成祖篡位一事：“若不是永乐振作一番，信着建文软弱，久已弄成个齐梁世界了。”这番话是其他人不敢说的。杜十七老爷的见解把一般读书人甩出十七八里远。《儒林外史》中的一些名句即是出自杜老爷之口，如“南京的菜佣酒保都有六朝烟水气”，云云。

杜慎卿是个雅人，非一般的雅。诗人聚谈，他不愿弄什么“即席分韵”的诗社故套，嫌“雅得这样俗”，只是“挥麈清谈”。清谈少不了酒食。《儒林》写吃是很讨喜的，“相府老太太看《儒林外史》，就看个吃”，书中罗列的多种吃食都是如此平凡而扎实：煮鸡、炖鸭、火腿、肘子、燏肉片、煎肉圆、闷青鱼、煮鲢头、白切肚子、海参杂烩……一边，我们想着“原来他们也不过是吃这些”，不觉亲近而欢喜；另一边，又想到“不吃这些还能吃什么”，对日复一日三餐难安排、总有人挑剔吃来吃去就那几样的情形，得到抚慰了，也帮着反驳了。不过，我的确觉得这些菜式太荤了，没有素菜、青菜，不嫌腻?《儒林》里只有一个人嫌腻，就是杜慎卿。他请客，摒弃这些“俗品”，只取江南鲥鱼、樱、笋作下酒之物，端上来，是“清清疏疏的几个盘子”，配上好的橘酒。他酒量极大而不甚吃菜，略拣了几片樱桃与笋就罢了。饭后上点心，是猪油饺饵、鸭肉烧卖、鹅油酥、软香糕，茶水是雨水煨的六安毛尖条——全书饮食，就这一席最雅，可以进大观园了，比起贾宝玉的虾丸鸡皮汤、酒酿清蒸鸭子、胭脂鹅脯、松瓤卷酥等不差太远。这几样点心，是杜慎卿照顾客人特意安排的，他自己只吃一片软香糕，一碗茶。几日后三位秀才还席，算计着寓处不能备办，就请他到酒馆里，点了一卖板鸭、一卖鱼、一卖猪肚、一卖杂烩，奉他吃菜。杜慎卿盛情难却，勉强吃了一块板鸭，登时呕吐起来——做东的几位秀才，好生不好意思也。

这是吃。伴随着杜府清谈的，还有音乐。席边戏子呜呜咽咽地吹笛，唱着李白的《清平调》。月上中天，牡丹花影影绰绰，绣球花像白雪团，众人手舞足蹈，杜慎卿颓然而醉。老僧人点起炮仗来给他醒酒，噼噼噗噗，他则放纵不拘地大笑不止。杜慎卿形似具备了魏晋风度。如果断章取义地读，你真要判他为儒林第一风流名士，可是我们也常有这样的经验，初见一个近乎完美的人，随着交往增多，他的瑕疵日渐显露，不断修正前面的印象。按照文学批评的语汇，前面的印象是一些“刻板印象”，如果人物停留于此，那么他就是一种“扁平人物”，单薄得像一张纸片儿，内心无深度，性格无发展。像吴敬梓这样比较老辣的作者，话说五分留五分，似褒实贬，即使他先对人物作准确速写，还得看后文分解。

“杜慎卿到了亭子跟前，太阳地里看见自己的影子，徘徊了大半日。”假如要给杜慎卿作一幅画像，应取这一个镜头，咔嚓定格，作为他灵魂的镜像。他自恋。唯美高标，目下无尘，谁及得上他呢？他风流自赏，给别人看，也给自己看。几乎所有的事情都会被他嫌俗而厌弃，他因而免不了空虚无聊，尤其在这大太阳底下……他说：“最厌的人，开口就是纱帽。”醉心科举的，是俗夫；迷恋官场的，是厌物；众人皆醉我独醒，众人皆浊我独清，杜慎卿自以为是。他的自我意识和角色意识如此强烈，因而可以不顾身边的一众人等，顾影自怜。书写到这一幕，一个扁平人物已经完成了，我们往下再看他的另外一些侧面。

全书最华丽的场面，是杜慎卿在莫愁湖举办梨园大会。

选秀在当今已是一件俗事，而倒退三百年，得佩服杜慎卿想出这点子。玩风雅，他此举意在选出色艺双绝的梨园子弟，同时他作为主办方，吸引来的所有目光都会归总到他那里。选秀的地点在莫愁湖。湖心亭四面轩窗，湖水围绕，戏子们一个个新鲜装扮，自东向西，穿花拂柳地一路走过回廊，穿过亭子，让观众看清他们的袅娜形容。戏子都是男旦，装扮起来，比女人还标致，其中一人是杜慎卿新纳的妾的兄弟，美貌远胜其姊，因也会唱曲串戏，杜慎卿邀他来赴会。众子弟亮相之后，一人一出戏，轮流上演。锣鼓乐曲声中，有《请宴》，有《窥醉》，有《借茶》，有《思凡》，杜慎卿与一众名士边吃酒边品评。场面那个轰动漂亮！全南京的雅人俗人都聚拢来了——

……到晚上，点起几百盏明角灯来，高高下下，照耀如同白日；歌声飘渺，直入云霄。城里那些做衙门的、开行的、开字号店的有钱的人，听见莫愁湖大会，都来雇了湖中打鱼的船，搭了凉篷，挂了灯，都撑到湖中左右来看。看到高兴的时候，一个个齐声喝彩，直闹到天明才散。

一日之后张榜公布前三甲。夺魁者，杜慎卿以二两金子打造金杯一只，上刻“艳夺樱桃”四字赠予；六七十位参演优伶，每人酬赏五钱银子，荷包一对，诗扇一把；前十名，杜慎卿素常相与的大老倌们都这个那个地请吃酒，有的拉了家去吃，有的在外头吃。杜慎卿新纳妾的兄弟名列第三——我不晓得这一笔有无什么特别用意，至少是给杜老爷的风流锦上添花了罢。

杜慎卿纳妾，是愁眉苦脸地纳的，他自谓与妇人隔着三间屋还闻着她的臭气——他这句话，钱钟书都引用了，可见的的是绝句。杜慎卿好男风，他并不避讳。按他的理想，这种“朋友之情”，胜于男女，但要如史上成了典故的“鄂君绣被”“分桃断袖”那般高标准方可。只可惜天下无此一人，他遇不着这样一个知心情人，辜负了他的万斛愁肠，一身侠骨……听了他这一番说辞，且伴以伤怀泪洒，自谓“多愁善病”，先前对他崇拜得五体投地的俗秀才却突然起了个捉弄他的心。秀才说要给杜慎卿介绍一个妙人。杜信以为真，笼起秀才写给他的神秘纸条，次日洗脸擦肥皂，更衣熏香，按照纸条的指引，坐轿爬山进道观，曲曲折折终于见到那妙人儿——原来是一个肥胖油黑、满腮胡须的道士！杜慎卿下不来台，只好掩口而笑，回来骂秀才欠一顿肥打，同时又称赞“你这件事做得还不俗”。

梨园大会之后，杜慎卿名噪天下。他门下有个鲍玺廷，是开戏班的，流落江南，每日在他宅中伺候，指望他能给予资助。办梨园大会，杜老爷不是豪掷了大把的银子，且都花在戏子身上？在在显得有关联，鲍玺廷心存指望。某一日，话说到了，杜慎卿说，他家是有几千现银子，但是放着不敢动，因为他要留着做一件事。什么事呢？他算着他这一两年要中——中科举。哗？他不是瞧不上这件俗事的嘛，即使要去考，也用不到几千银子哈？“中了，哪里没有使唤处？”他把话说到这个地步已经够明白了，打住。杜老爷素来无半分烟火气，但银钱有实际用途，求仕买官，用得着。他嘴上说功名无味，最厌纱帽，但不代表他不要。这跟他前门说最恨妇人，后门又纳了个妾，异曲同工，铢两悉称，有了这两对矛盾的综合，杜慎卿这个人物才真正立起来，成了一个“圆形人物”。

办梨园大会，花钱如流水，看上去是没有任何经济收益，可这一着使他坐拥江南第一风流之名，并可以预见将成功地转换成功名。而眼前这个鲍玺廷，借给他银子，是有去无回的亏本买卖。杜慎卿不打算照顾鲍玺廷，但把话说得挺漂亮。他送鲍玺廷几两银子做盘缠，推荐鲍去投奔他的族弟。他说他这族弟是个呆子，大把银子给人用，“包你千把银子手到擒来！”

他的族弟叫杜少卿，照书中说法，品行与文章乃当世第一人。这位杜少卿就是作者的自况，吴敬梓将自己拟定为文采风流、不通世故而又慷慨豪侠的杜少卿——我们想到文人的自恋，不免微笑——不过，书中所写大致是实情，吴敬梓不善经营又酷好济困扶危，祖上遗下的几万家产不上几年给他弄得一点不剩了。杜少卿没有直接评价杜慎卿，但是借他人之口说了一句：“虽有才情，也不是什么厚道人。”

2018 年 3 月 5—9 日

眼见他起高楼

杜十七老爷本是做名士的，做到了最高段位，却忽而跨越，改弦易辙做官去了。他是人上之人，位于塔尖，下方多层，众生纷纭。

《匡秀才》中有一段插曲，尚不谙江湖路数的匡超人于有意无意间参加了一次名士集会。匡超人才从乡下出来，搭船到杭州去，在船上结识了一个开头巾店的商人景兰江。初识，由景兰江手上正在看的书谈起，景随即取出自己的许多诗稿给匡超人看，匡超人不懂诗，只好称赞。同船一路，下船道别，匡超人找到马二先生的文瀚楼书坊暂住，同时也干起了选书的营生。几天后，景兰江派人送来一张帖子，邀他参加西湖诗会。帖子上有格式，列了邀请的人的名字，小厮已经送到了的人，都在名下签个“知”字，并付杖头资二钱。匡超人循例签好，也称了二钱银子交给小厮。二钱银子，对其他人是区区小数，对刚进城找到工作的匡超人不算个小数，不过他也正像一个刚踏进社会的青年，对应时碰到的各种人际关系及可能性，谨慎地把握。景兰江邀请匡超人无须特别理由，很多人都会这么做，发展人脉，预备对将来有利。景兰江爱作诗，多拉一个人进他的圈子就多一个人读他的诗。

但匡超人还不会作诗。他找书坊借了一本《诗法入门》，连夜学习。看了一夜，会了；到次日，会做了。他就这样揣着速成的诗艺去赴会了。

船在西湖上摇着。船上的一众名士，道貌岸然，景兰江一一介绍，这位是赵雪斋先生，这位是支剑峰先生，这位是浦墨卿先生，这位是胡三公子……这位则是匡超人先生。后生匡超人连连作揖。假如把场景移到当下，这群人肯定是个个拿着手机在互扫微信加好友。这群西湖名士肯定都很喜欢搞微信——居然有如此贴心吻合他们需求的东西，可以把诗作发到朋友圈，可以互相点赞评论转发，要集会，就在群里发个通知，众人再一一回个“知”。微信晚来了三百年，极大地限制了文人诗作的交流与传播。

船靠岸，一行人上岸去借花园，花园的园丁给领头的胡三公子吃了闭门羹，说不借，没奈何他们走到一个和尚庵里坐着，分几个人上街采购。凑份子的钱都在胡三公子身上。先到鸭子店，胡三公子怕鸭子不肥，拔下他的耳挖戳戳鸭脯上肉厚，才叫景兰江讲价钱买了，又买了肉、鸡、鱼、蔬菜等。还要买些馒头，在馒头店里看好三十个，三个钱一个，给钱时胡三公子只给两个钱一个，同店家吵起来，于是不买了，另买了些米面和点心，大家拎着。东西不少，又多是要收拾的，有人说何不叫个厨役伺候，胡三公子吐吐舌头说：“厨役就费了！”回到庙里荤素都交给和尚收拾，整治好了摆上桌。诗会正式开始，他们一边饮酒，一边作诗，拈阄分韵，摇头晃脑，你说我好，我说你好。

诗作完了，接下来他们讨论功名问题，以座上的赵先生为例——

“读书毕竟中进士是个了局。赵爷各样都好了，到底差一个进士。”

“赵爷虽不曾中进士，外边诗选上刻着他的诗几十处，行遍天下，哪个不晓得有个赵雪斋先生？大小官员都来结交他……”

说者有意，听者也有心，匡超人从而知道了，读书人在考科举之外还有做名士这条路。先前马纯上先生指点他说：“人生在世，除了文章举业，并没有第二件可以出头”，但那明显是一条吃苦的路；而做名士呢，貌似轻松潇洒，风流自得，再看这些人作的诗，也并不比自己强。匡超人把他们的诗带回寓处，贴在墙上揣摩。但他才开了一半的脑洞，很快就被来书坊找他的衙役潘三再次洞穿了。潘三指着墙上的诗，说这些人都是呆子——那个开头巾店的景兰江，本来有两千银子本钱，一顿诗做得精光了，他还每日在店里哼哼“清明时节雨纷纷”，见人就借钱，人见了他就怕；那个姓支的呢，夜里吃醉了在街上胡闹，被官府一条链子锁了去。潘三说的是实情，匡超人肚里也有分晓。那天他们诗会进行到晚上，扰攘和尚一天，胡三公子只付给五分银子香资，还叫家人把剩下来的骨头骨脑、果子零食之类都装进食盒带走，又问和尚米还剩几升，也装起来。

怪不得先前那园丁说不奉承胡三老爷！天黑了，支剑峰几个说要效仿李太白宫锦夜行，忘形时不料撞到了巡捕老爷，真是晦气，链子一锁，斯文扫地。匡超人叫了点心招待潘三，潘三吃了两个就丢下，拉他到街上去吃饭。饭店的人见到潘三爷，屁滚尿流，鸡鸭肉都拣上好极肥的切来，海参杂烩加味用料。吃是一个显性指标，潘三的豪举尤其衬托出头一天名士集会的悭吝之气，“至今犹令人呕出酸馅”。匡超人从此摒弃名士之想，跟着潘三去做些“有想头的事”去了。

名士是一种职业。他们的典型生活形态，看《盐商万雪斋》可知分晓。

徽州人牛玉圃是做名士的，本在南京住着。这一天，他接到盐商万雪斋的信，邀他去扬州，他很高兴，就把家中物件悉数变卖，收拾出三担行李，包了一条船上扬州去。他这么干，不禁让人捏把汗：只是一封信，并没许他什么，他怎么就敢把自己的家拆了？他自述与万雪斋的关系，是这样的：“……这东家万雪斋，也不是甚么要紧的人。他图我相与的官府多，有些声势，每年请我在这里，送我几百两银，留我代笔，代笔也只是个名色。我也不奈烦住他家那个俗地方，自在子午宫住。”他这是在对着船上认识的后生子牛浦吹牛皮，所以话要打了折扣听，其中实的成分是，盐商不差钱，需要请些清客相公在家里装点门面，牛玉圃就是去干这个的，依附帮衬，挣口饭吃。最后一句住的问题，我信以为真，有高人点破：牛玉圃是还没混到能住到万雪斋家的地步，不然他才不会住到道观里。不

当晚，船到扬州，牛玉圃叫长随们把行李挑着，带了牛浦到子午宫去。（《盐商万雪斋》第21页）

过，在小画书上，牛玉圃领着牛浦往子午宫走的这幅图十分有趣：上山的路，蜿蜒环绕，盘成了一个圆，二牛踩着青石板路走上来，前面再往左一转，就到子午宫了。子午宫应是在半山腰上，就如同我们去过的某些道观，一层层往上，这里一宫那里一殿，天罡北斗般布局。——和尚庵与道士观，是不是经常被名士这种人免费来吃住，倒贴许多钱？这有悖经济学原理，也不符合出家人的规定。

牛玉圃带牛浦上万雪斋家去。宽宅大院，门楼高耸，树木遮阴，一望无际；厅堂内悬挂字画匾额，一色水磨楠木桌椅。牛玉圃怎会不想住在这里，假如他可以。等了两袋烟工夫，万雪斋才一摇一摆地从里面出来，只略坐小叙，又去陪其他客人，让牛玉圃在这里“宽坐，用了饭，坐到晚去”。在等饭的空当，二牛在园子里逛逛，牛浦满心企羡，左顾右盼，不提防脚下踩空，扑通一声，半截身子掉下池塘。牛玉圃慌忙把他拉起来，叱他上不得台盘，打发他先回子午宫。他自己在万家吃酒到半夜，回来想起白天的事，把牛浦又骂了一顿。第二天他又去万家，天天都去，再不带牛浦去了。他在万家究竟干些什么？看第一天的片段可知道大概——

“玉翁，为什么在京耽搁这多时？”万雪斋问他。

“只为我的名声太大了，一到南京，就有许多人来求，也有送斗方来的，也有送扇子来的，也有送册页来的，都要我写字、作诗。昼日昼夜打发不清。还有国公府里徐二公子，也一回两回打发管家来请——他那管家都锦衣卫指挥，五品的前程——我只好去盘桓了几天，临行还再三不肯放……”

牛玉圃姓牛，果然舍得吹，吹出自身的价格。买方是盐商，他肯出价是因为有需求。牛玉圃深知他们之间的彼此依附关系，所以他吹嘘完自己，接着从衣袖里取出两本诗稿——盐商万雪斋刻印的他自己的作品集，说道：“雪翁，你的大作，徐二公子也亲自看过……着实佩服。”万雪斋也笑吟吟地接过去，还略微谦逊了一下。两下里各取所需，台词、姿态都配合得当。

牛浦被牛玉圃撇下，每天在道观里枯坐。他与道士闲谈，探问万雪斋的底细。万本是大盐商程明卿家的书童，自小伶俐，搭着东家做买卖挣了些钱，赎了身，也做起了盐商，发家

牛玉圃从袖口里拿出两本诗集来还给万雪斋，又说了许多恭维话；万雪斋笑吟吟地接了过去，也略微谦逊了一下。（《盐商万雪斋》第29页）

置业——从连环画上看，他已娶妻生子，正襟危坐于桌前算账，旁边妻子怀中的孩子，正玩着桌上一个个大元宝。儿子长大，娶翰林的女儿，大宴宾客那天，他的老东家程明卿大清早跑上门来了——他早已落魄回乡，房子都卖给了他旧日的书童——万雪斋忍痛给了一万两银票把他请走。万雪斋最怕人家提起他的出身。“只有你叔公一人敬他罢了！”道士从鼻子里笑了一声。牛浦听到此，心生暗计。

牛玉圃果然入了圈套。“雪翁，徽州有位程明卿先生，是相好的吗？”牛浦告诉他，程明卿是万雪斋的贵人，只要提起程，他与万雪斋的关系就拉近了。万雪斋的脸顿时通红，牛玉圃还不察——“他是我拜盟的好弟兄。前日有书于我，说不日要到扬州，少不得要与雪翁一叙呢！”他语气中的亲热与托大组合成完美的嘲讽，酒席上其他人都面皮失色。牛玉圃的饭碗砸了。

《儒林外史》里面的各色名士，轮番出演着最终会出乖露丑的戏，“眼见他起高楼，眼见他宴宾客，眼见他楼塌了”。讽刺小说，作者的心态决定笔墨。吴敬梓鄙视附庸帮闲、招摇撞骗的假名士，也憎恶强取豪夺、粗鄙无文的真盐商，这些人到了他笔下，各就各位，凑成一出丑剧。

文人依附于豪门做清客是常见现象。《红楼梦》里有詹光、单聘仁之流，看名字就是讽刺漫画，这帮人跟随贾政游园，把他们认为的佳妙辞藻尽数捧出，等宝玉说出新鲜别致的词句，这帮人再“哄声拍手”“摇身叫妙”，称赞“极是”“是极”。但贾宝玉也说过，程日兴善绘美人，詹子亮善绘工细楼台，他们还是身怀一二本领才得以在贾府沾光。换一种心态和视角，情形就更不一样，譬如《金瓶梅》有一幅插图，画中几人是西门府上的几位清客，正在饮酒，居于中心位置的是最有代表性的应伯爵。田晓菲这样评点：“我们熟知他脸上那狡黠的、微醺的、深通世故的、与人生非常妥协的微笑，而这微笑，不知怎的，令人觉得深深地悲哀。……我知道伯爵是一个被君子们视为小人的人，是一个靠着辞令妙品取悦西门庆借以混饭吃的帮闲，或曰清客。但是，我喜欢伯爵。”应伯爵在小说里是一个被刻画得真实生动的人，作者对这类人也不反感，他写这帮人吃东西，竟会写出这样绝妙的文字：“每人青花白地吃一大深碗八宝攒汤”，“青花白”本是形容碗的，他拿来形容吃！表示这些人用青花白的碗吃一大碗汤，不仅吃内容，也吃形式，吃这满满的人生滋味，有青、有花、有白，不止一味。

2018 年 3 月 30—4 月 4 日

荷色湖光中的王冕

王冕的名字，最初出现在小学一年级的语文书里：“古时候有个人叫王冕……”他是一个真人吧，小时候给人放牛，一边自己学画荷花。夏天的傍晚，雨后天晴，湖中的十来枝荷花，“花苞上清水滴滴，荷叶上水珠滚来滚去”——儿童诵读，书声琅琅，这两句记忆犹新。到夏日荷塘去看，果然是这样，水珠就像一颗珠子，晶莹圆润，滚来滚去，荷叶只是它的托盘，滴水不沾，纤尘不染。荷花美得不可方物。

多年后我读《儒林外史》，第一回就讲王冕：

> 须臾，浓云密布，一阵大雨过了。那黑云边上镶着白云，渐渐散去，透出一派日光来，照耀得满湖通红。湖边上山，青一块，紫一块，绿一块。树枝上都像水洗过一番的，尤其绿得可爱。湖里有十来枝荷花，苞子上清水滴滴，荷叶上水珠滚来滚去……

原来王冕是小说里的人？古代白话文改写成小学课文，语句更加精炼上口，成为深植的母语潜意识，画荷的王冕已是一个童蒙皆知的经典形象。王冕确有其人，为元代著名画家、诗人，生于浙江诸暨，幼年替人放牛，自学成才，拒绝出仕，隐逸深山。一生喜好梅花，种梅、咏梅、专攻画梅，所画梅花花密枝繁，健劲有力，生机盎然，尤善用胭脂作没骨体，别具风格，并有传世名句："不要人夸颜色好，只留清气满乾坤。"小说里的王冕，由画梅改作画荷，人物的风骨精神则一。

王冕七岁丧父，十岁辍学帮隔壁人家放牛。日子应是艰难，可是看书中描写，只觉惬意。放牛不算件苦活儿，若无专门人手，做农活的同时顺带着也放了，雇个孩子专做这事，是宽厚人所为。这隔壁的秦老，只让王冕每天把牛牵到湖边去饮水吃草，他在旁可自在玩耍。王冕心性本是爱读书的，他安慰母亲说坐在学堂里也闷，倒不如放牛快活，要读书，依然可以带了去读。他果然就把书系在牛角上一同出去，到了湖边，几十棵杨柳树下芳草青青，凉风习习，牛吃草，他看书。他看些什么书呢？每天秦老给他买点心的两个钱，他都攒着，抽空到村里学堂找卖书的小贩买几本旧书。乡间的书贩，想来卖的书十分有限，但也许古代出版不易，能出版的都是典籍。王冕读这些书，有不懂的，就请教村塾的先生，如此三四年，他"心下着实明白了"，到了快二十岁的时候，他已经"把那天文、地理、经史上的大学问，无一不贯通"。这个境界，莫说一个牧童，即使是不问外事专心向学，并有名师指点的读书人，也难有几人能达到，而史上的王冕确乎靠自学成了一代名家，其间自有奥秘。书画同源，他读书的途径，与习画的方法，是一致的，可由此而知彼。

却说王冕那日看到湖里的荷花，不禁出神想道："古人说'人在画图中'，果然不错，可惜我这里没有一个画工，画这荷花，也是有趣。"又一想，"天下哪有学不会的事，我何不自画它几枝？"他就把积攒下的钱，托人到城里带些纸笔颜料回来，对着荷花，开始画画。刚开始，自然是画不好，他平素也写字的，而眼前刚拿起的笔是作画的笔，有着另一种陌生法式。字是规矩的，也可以不拘；画是自由的，也包含绳墨。字唯有墨，画兼有色，调墨弄彩，还有水的渗入，浓淡变化、氤氲效果在于水的调度，初学颇为不易。他渐渐能控制手中的笔，笔的轻重、提顿、方圆，都在拿捏中；线条也有了力量，花朵柔若无骨，其实有骨。三个月后，他画的荷花渐渐有了些意思，再久之，荷花的颜色精神无一不像，就像从湖里采来的一样。纸上的荷花比湖里的荷花更精粹，它经过了提炼，表现了花朵最美的意态。

王冕当时只是个乡间少年，生活清苦，想法单纯，而当时的环境，似乎能容许他以自己的方式追求理想。他想读书，买书看就是了；想学画，买来纸笔颜料画就是了；等他画得好了，乡人们就拿钱来买，一传十十传百，诸暨县都晓得了他善画荷，争着来买，他因而能够不愁衣食，供养母亲。十七八岁上他就不再给人放牛，每日画几笔画，读古人的诗文，这是非常理想的文人生活了。

连环画《王冕》，由名家林岳、刘旦宅绘制，画家绘画家，

日子久了，就能逐渐把荷花的精神颜色画出来，他画的荷花，就像才从湖里摘下来贴在纸上似的。（《王冕》第24页）

画中有画。我最喜欢第 24 幅——一幅荷花始画成，贴于墙壁，王冕侧身坐在书桌前，抬头凝视自己的画。画上的荷花神完气足，画外的王冕气定神闲。我们看到的角度是他的后侧面，隐约可见他的神态，那微垂的眼睫、声色不动的嘴角，包含着倔强而从容的性情，与他画的荷花互相映照，“物”与“我”彼此对视。书桌旁的窗外，挤着几个乡民，他们凑在窗前看王冕的画，眼光里饱含赞赏之情。在这里，有一个问题被忽略了：此时，王冕的声名尚不出县城方圆数十里，那么他的画是在什么尺度上符合了县城人物的眼光？从《儒林外史》的叙述看，王冕的画最先是得乡人赞赏，声名传开之后，有位高权重如危素者对诸暨知县断言："此人将来名位，不在你我之下"，不同受众的品评标尺、趣味，似乎达到了一致。中国画在元朝以后，由于士大夫思想的消极，导致鲜艳的色彩一天天在画面上衰退，占据主导的是惨淡颓废的情调。早在宋朝就有画家写出这样的诗句："雨里烟村雪里山，看时容易画时难。早知不入时人眼，多买胭脂画牡丹。"可巧，史上的王冕首创"以胭脂作没骨体"，《儒林》也写他托人买的颜料是"胭脂铅粉之类"，不论他画梅画荷，这一抹鲜艳夺目的胭脂色，在元朝画一派的灰暗、浅绛、冷逸、苦涩中，的确令人耳目一新，王冕画之雅俗共赏，可以从这个方面来解释。

有一个情节原著里没有，连环画里有，加得很好——农忙时候，王冕也帮人下田插秧、锄草，干些农活。插秧是个苦活，农时一刻误不得，整天地躬身弯腰，一天下来腰都快断。而插下的秧苗，青翠碧绿，一行行间距整齐、错落有致，很有美感；插秧的过程，紧赶慢赶中，一再重复的动作形成韵律，渐渐熟练，熟极而流，眼明、手快，轻巧、灵便。这劳作中暗含快乐；直起身来，看一棵棵秧苗的姿态也是欣悦、昂扬的。假如王冕不做农活，每天仅是悠闲放牛，只怕他的画会缺少些根基，缺少了从譬如插秧中领悟到的某种真谛——此中有真意，欲辩已忘言。他成年后的隐居生活，也是白天务农，种植豆、粟、桃、杏及梅花，晚上作画。

连环画第 27 幅与第 24 幅构图很像，但三幅之隔，王冕的形容已成熟许多，是一个青年人了，气质方朴，神情端凝。他

王冕不再替秦老家牧牛了，每天画画，读书，渐渐不愁衣食，母亲心里也欢喜。（《王冕》第27页）

正在案前作一幅士人的画像，四壁墙上贴着他画的梅竹荷菊。连环画家也同样精于水墨，这画中的四君子图，笔墨腴润而苍劲，布局疏密得当；王冕正在执笔作的画中人神情萧淡，衣着简括，也是一位高士——倘联系下文，有可能是屈原——画家笔下的人物，常常很像他自己，是他的心灵影像。

浙江诸暨山水秀美，有“千岩竞秀、万壑争流、水木清华、山川映发”之美誉，王冕生长于此地，可谓得天独厚。他年已弱冠，奉母至孝，每当花明柳媚的时节，他就执着牛鞭，架起牛车，载着母亲出去游玩。他自己则仿照《楚辞图》上屈原的衣冠，造了一顶极高的帽子、一件极阔的衣服，穿戴起来，口中吟唱，惹得乡村孩子三五成群地嬉笑追逐，他也不以为意。他的学问已养成，同时性情孤介，既不追求官爵，又不交纳朋友，终日只是闭户读书，沉潜于自己的道德艺术修养之中。这样一个人物，作者把他放在《儒林外史》的第一回："说楔子铺陈大义　借名流隐括全文"，以这位充满理想色彩的艺术家和隐逸之士的标准作为全书评估、针砭各个人物的依据。

作者改史上真实人物王冕的画梅为画荷，改得巧妙，也是信手拈来，与陶渊明的"采菊东篱下，悠然见南山"相仿佛。乡野的牧童，放牛于湖边而见到湖中荷花，自然而然，无比协调，此处荷胜于梅多矣。七泖湖畔的湖光荷色陶冶了王冕的心灵，让他体悟到"人在画图中"——人与自然融为一体、天人合一的意境；"花苞上清水滴滴，荷叶上水珠滚来滚去"的景象，细腻传神、生气灌注，又似一种玄思禅境，蕴含着微妙的哲学启蒙。王冕画荷，悟出了天地间的至理，同时，缘物寄情，荷之亭亭净植、出淤泥而不染也是他自身人格的映照。

2018年4月8—14日

注：本辑所用图片无特别说明均出自上海人民美术出版社整理再版的《儒林外史》连环画，吴敬梓原著，上海新美术出版社1955年初版：《范进中举》，吕品绘；《凤四老爹》，陈履平绘；《沈琼枝》，钱笑呆绘；《盐商万雪斋》，赵三岛绘；《枕箱案》，冯墨农绘；《匡秀才》，林雪岩绘；《严贡生》，李铁生绘；《王冕》，林岳、刘旦宅绘。

红楼小拾

林黛玉的小摆件儿

林黛玉住在潇湘馆。在大观园建成之初，第十七回对潇湘馆的结构有简略的说明："小小两三间房舍，一明两暗，里面都是合着地步打的床几椅案……又有两间小小退步"，粉垣修舍之外则是千百竿翠竹遮映。

那天宝玉来找黛玉，进门就接着前日的话头赔笑相问，黛玉则回头叫紫鹃："把屋子收拾了，撂下一扇纱屉；看那大燕子回来，把帘子放下来，拿狮子倚住；烧了香就把炉罩上。"她一面说一面往外走，正眼也不看宝玉。

黛玉赌气不理宝玉，对他不见不闻，她顾左右而言他的这几句话，并不多余，我们可以从她这些日常琐碎推知她是何等人物。就在她嘱咐紫鹃这些话的同时，王熙凤也在园子里的山坡上，招手叫了小红来临时使唤，让她带话给平儿："外头屋里桌子上汝窑盘子架儿底下放着一卷银子，那是一百六十两，给绣匠的工价，等张材家的来要，当面称给他瞧了，再给他拿去……"琏二奶奶事儿真多，她是管家婆。一对照，就衬出林黛玉不止是个闲人，简直是个仙人，她关心的事情是这么些：燕子飞回来没有？鹦鹉添了食水不曾？桃花谢了怎么办？一地的花瓣不能糟蹋——花落水流红，闲愁万种。诗本子，琴谱。再就是，……宝玉，他怎样？

林黛玉是一个空灵的人。原著对她外貌的描写，最具体的也仅是写意："两弯似蹙非蹙笼烟眉，一双似喜非喜含情目"，令人感知的是她的神情，而非面貌。她的形象飘渺，但又确定，每个人心中都有一个模糊而相近的形象，要说谁长得像林黛玉，几乎所有人都有共识。

文字可写意，绘画则须具体。很多画家画过林黛玉，把她置于某个经典的情节中去表现：葬花，或读《西厢》，或焚诗稿；也有无情节的，从日常无一事中提炼出一个准确的概貌——如王叔晖画的黛玉，独坐纱窗下，衣裳素淡，神情素淡，她眼望着架上的鹦鹉，那鹦鹉的身姿神情倒是急切的，正探头相问，它真会说话呢，可能在说："姑娘？姑娘？"姑娘说不出的心事，连鹦哥儿都懂了么，它跟黛玉一样地吁嗟，甚至会念姑娘的葬花词。这幅画中，窗户画得特别大，所谓"月洞窗"，好大一个圆窗，窗外修竹，浓翠淡绿。黛玉在做什么？什么也没做，这就是黛玉平常的一天，她经常就是这样的："无事闷坐，不是愁眉，便是长叹，且好端端的不知为了什么，常常的便自泪道不干的"，她写的诗中对自己的描述也是如此。

刘旦宅画的黛玉，黛玉倚坐在山石上，足下菊花，身后竹枝。孤芳自赏的黛玉，疏离人世的交往而执着于内心的孤行，一意往美、高邈、深细、幽微处走去，她有她的哲学，她需要某种意境，这种"境"，她用全部生命去养成——看这幅画，黛玉就在她最准确的“境”中，极美。她的面庞，清逸孤标、目下无尘，又俊美无俦，你绝对想不出，但一眼就能认定，这几乎是理想的林黛玉。刘旦宅笔墨清新，正合原著之灵秀芳香的气韵——我几乎认为，《红楼梦》是刘旦宅的，正如《水浒》是戴敦邦的，《儒林外史》是程十发的，《西厢记》是王叔晖的。

然而，倘若事情并非一定要追求“最”或绝对，我们也很乐意看到不同面目的林黛玉出现在不同画家的笔下。不同于工笔或写意彩绘，一册连环画通常有一百多页，这么多幅画面，对具体性的要求更高，不能高度提炼，而是要将一幕幕的场景事无巨细地呈现。1950 年代的沪上老版《红楼梦》连环画，有一位画家画的两册颇具特色:《潇湘惊梦》《黛玉焚稿》，尤其前者，清逸而耐人寻味，这位画家叫江栋良。

初看，觉得黛玉的衣衫不应如此精工繁复——贴片连缀的百褶裙系在腰间，下面再是两层裙子，还有玉佩、流苏、飘带、钗环，这环佩叮当的一身，是从戏曲里来的，我幼时曾钦羡过某部戏曲片中与此完全一样的行头，但把它们给黛玉穿戴，是否嫌坠重了？再往后看，又觉合理了，这位画家心思极细，他有他的道理，他画的潇湘馆内图景别开生面，在其间生活的黛玉，也是一个十分真实的女孩儿形象。

天色已晚，晚妆将卸，黛玉进了里间。一天又过去了。这一天里有些事情，袭人来过，坐着闲谈，说的是凤姐对尤二姐、金桂对香菱的事，她说起这些话并非无因。袭人还没走，宝钗又遣一个老婆子来送一瓶蜜饯荔枝，送归送，这婆子却突

一时晚妆将卸，黛玉进了房，猛抬头看见荔枝瓶，想起老婆子的一番话，千愁万绪，不禁堆上心来，含泪和衣倒下。（《潇湘惊梦》第22页）

黛玉想到自己多病，年岁又渐长大，宝玉心里虽没别人，但老太太、舅母不见提起半点；倘父母在时，早定了别处，怎能似宝玉这般人才心地。心里一上一下，辗转缠绵。（《潇湘惊梦》第23页）

兀地说了些赞美黛玉的话："这样好模样儿，除了宝玉，什么人擎受得起……"他人的一言一语，就是一旗一枪，逼近黛玉的内心，待身畔无人时，她一个人默然消受。此时黄昏人静，千愁万绪堆上心来，心事辗转无解，她叹口气和衣上床。她睡的床，是不是叫碧纱橱，像一个精致的小房间，正面是镂雕门围，三面侧围是棂格扇屏，绘有字画，床内搁架上还摆放着书、茶壶、匣、镜等物。好一个幽雅舒适的小天地，林姑娘在里面住着，锦衣玉食，为什么心上只是不快活？为什么十顿饭她只吃五顿？为什么她总是哭？

黛玉蒙眬睡去了。梦中，就在她这个卧房里，凤姐等一干人走了进来，向她贺喜，说她父亲升官并娶了继母，把她许给了继母的什么亲戚，还是续弦。画上，大概凤姐刚开始说话，黛玉不知她要说什么，神情还是天真礼貌的，听她往下说才慌了。她求凤姐说明这是个玩笑，而众人——王夫人、邢夫人，还有宝钗，一个个都冷着脸，不肯改变这个情况，彼此还使眼色，冷笑着一起走了。黛玉急得去求老太太，老太太也呆着脸，说"这个不干我事"，说她乏了，叫丫头送黛玉出去。最后宝玉来了。他俩说了平日里不能出口的话，宝玉拿出把小刀子在胸口划，说要把心给她看。黛玉吓得失声大哭，亏得紫鹃来床边唤她："姑娘，姑娘，怎么魇住了？"把她从梦魇中拉出。黛玉回到人境，喉间犹是哽咽，心上还是乱跳，枕头已经湿透，肩背身心，但觉冰冷。夜已经开始了吗？她还没脱掉外衣。挣扎起身把外罩脱去，刚刚开始的夜，再难入眠了，漫漫长夜残酷地让她细想方才梦中的情形。方才凤姐她们就站在这里，窗上的纱帘，墙上的琴，历历在目。玉枕纱橱，半夜凉初透，外面淅淅飒飒，又像风声，又像雨声。囫囵的黑暗里没有了时间的长度，辗转反侧把夜抻长缩短。刚略觉安静，一缕凉风从窗缝透入，吹得寒毛直竖；随后窗外竹枝上无数雀儿的声音开始叫了，啾啾唧唧，窗上的纸也渐渐透进清光来。

原著的“潇湘惊梦”这一段，梦的情节稍嫌直露，梦醒之后的文字则很好，续书作者必有过长夜难眠的时分，让他与黛玉感同身受。《潇湘惊梦》这一册画书里，黛玉有不少缠绵床榻的画面：她躺着，她坐着，她靠着，她趴着；她托着腮，她抱着头，她掩着脸，她扶着床边；她睡了，她醒着，她翻来覆去睡不着。她的床多么精致呀，枕头柔软，被褥香暖，但它们都不能帮她睡个好觉，做个好梦。床前的几案是竹制的，上面摆着一个烛台，一个痰盒——洁净高雅的林姑娘，她却日夜离不开这个痰盒，清早紫鹃来给她换，倒之前看见痰中带血，不禁呀了一声。黛玉睡在透明的帐子里，问是不是有什么，紫鹃答没有，但声儿哽咽了。黛玉——她的帐子太透明了，她的心眼儿太透亮了，她什么都听得到，她什么都能猜到。她这间房里，两扇窗户左右相对，兜着轻薄的窗纱，太通透了，凉风长驱直入，人们背着她在外面说的话也随风吹到了她耳边……宝玉定了亲了？她依稀听到了几分，没听真，她在想象中补全。前日梦中之谶竟然应验，她躺在床上，却好似身在大海中。如果这件事情将要发生，她能够决定的就是不看到它的发生。那并不

又停了一会儿，黛玉起来拥被坐着，只觉窗缝里透进一缕凉风，吹得汗毛直竖。正要睡去，听得竹枝上无数雀儿的声音，那窗上的纸隔着帘子，渐渐透进清光来。（《潇湘惊梦》第33页）

难，对她这样的身体来说，只需要不盖被、不添衣、不吃饭，就可以了。紫鹃给她盖好被，一出去她复又蹬开。她伏在枕上，透明的纱帐被风吹得像盛开的花朵。

可怜的姑娘，她被困在她的噩梦里。众人怜恤她，每天来看望，但他们不知她的心病；紫鹃雪雁知道，又不敢说；宝玉知道她的心，可是两人在梦外的人境，面对面，能说什么？黛玉的病无药可医。她日渐虚弱恍惚，耳中听见的都像是宝玉娶亲的话，眼里看见的也像是这回事，连睡梦中都听到有人叫宝二奶奶——杯弓蛇影，弄假成真。幸好有明确否定这件事情的话，以同样的声息传到她耳边，才将她从死亡的边缘拉了回来。过分敏感的林姑娘，她是仅凭一句话就可以生可以死的啊！

之前有一个细节，在她的惊梦之后的白天：袭人听说黛玉病了，过来看看，说起昨夜她们那边那一位也闹心口疼，嘴里胡说八道，把她唬了个半死。里间黛玉在帐子里咳嗽起来，问紫鹃跟谁说话，袭人闻声来床边，她再问："刚才是说谁半夜里心疼起来？"那还能有谁，但她非问不可，袭人说宝二爷偶然魇住了，不是认真怎么样，她还问："既是魇住了，不听见他还说什么？"痴姑娘，她是在核对梦里的情节言语，看宝玉是否真与她魂梦相通。袭人说，也没说什么了，她点点头儿——十有八九，他是在她梦里了。这一证实给她的心灵带来的震荡，应不亚于宝玉对她说出几句轰雷掣电般的肺腑之言，也不亚于他托人送来两方旧手帕，令她神魂驰荡。而原著就此收住，不写。

在这一册里，黛玉也有好的时候，还过了生日。黛玉天性喜散不喜聚，生日只一笔带过，其后她在潇湘馆独坐的时分，大概才是她最自适的——

> 这里黛玉添了香，自己坐着。才要拿本书看，只听得园内的风自西边直透到东边，穿过树枝，都在那里唏溜哗喇不住的响，一回儿，檐下的铁马也只管叮叮当当的乱敲起来。

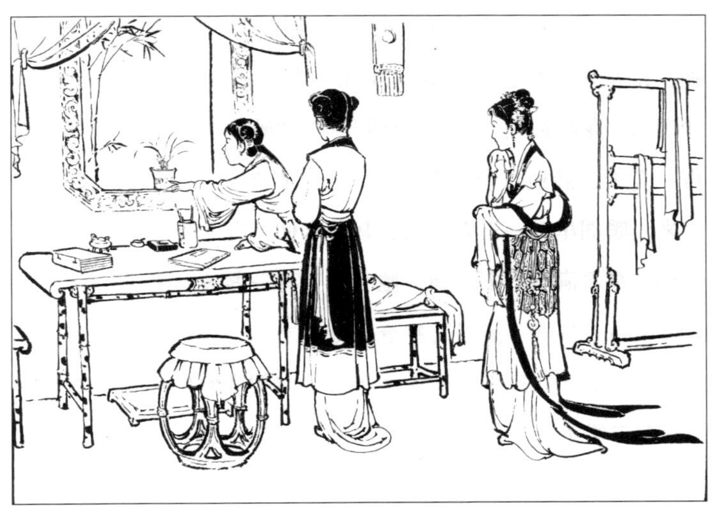

秋纹带着小丫头送来盆兰花，是太太那边的，叫给二爷一盆，林姑娘一盆。黛玉看时，有几枝双朵儿的，心中忽然一动，连秋纹去了也浑然不觉。
（《潇湘惊梦》第72页）

黛玉坐在窗前，看琴谱。这小轩窗固然好，可是没有玻璃，这样敞着，林姑娘可能禁不住呢。窗台上放着一盆兰花——哈，这里错了，下一幅才说太太让小丫头送了兰花来，给宝二爷一盆，林姑娘一盆，这前一幅里却先摆着了。下一幅极妙：黛玉看着小丫头把花盆放上窗台，她看到这兰花有几枝双朵儿的，令她心中一动——妙处凝聚在黛玉脸庞的侧影线条上，是这样灵秀、纤巧，太准确了，仅这个侧影就是黛玉！她呆看兰花的一刻，心中灵犀被触碰到的一刻，没有人觉察，画家抓住了这美妙的一瞬间。

林姑娘屋里有些什么小摆件儿？我对这个很感兴趣，原著

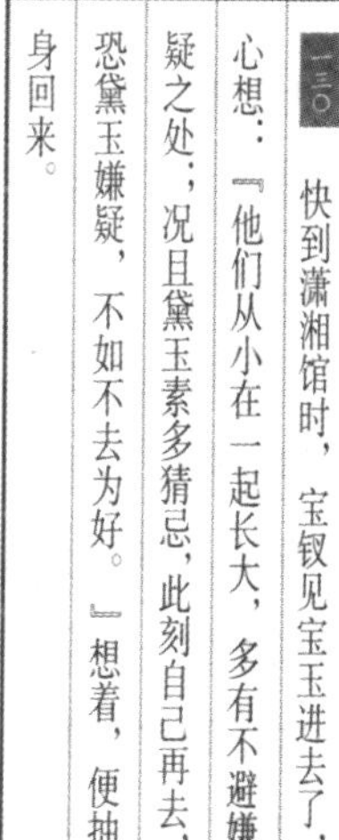

（《黛玉葬花》第130页）

（《黛玉葬花》第58页）

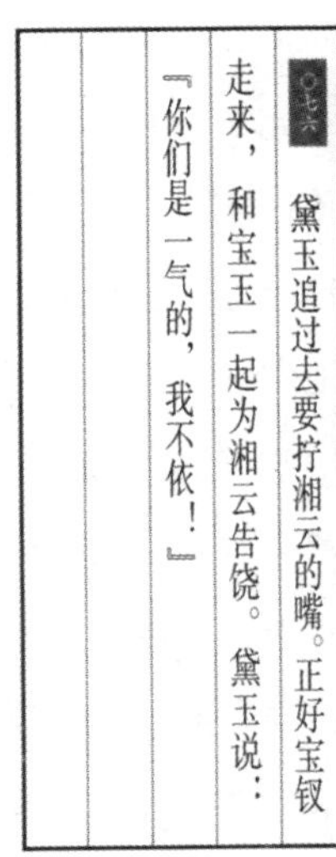

（《黛玉葬花》第76页）

深辗侧，愁绪何堪。属在同心，能不为之愍恻乎？回忆海棠结社，序属清秋，对菊持螯，同盟欢洽。犹记“孤标傲世偕谁隐，一样开花为底迟”之句，未尝不叹冷节遗芳，如吾两人也！感怀触绪，聊赋四章。匪曰无故呻吟，亦长歌当哭之意耳。

倘若不看上下文，真难猜到这是宝钗写的，而设身处地去想，她当时的处境的确如是：兄长又惹下人命官司，身陷囹圄；嫂子是个匪夷所思的“搅家精”，每天闹得鸡犬不宁。并非续书作者写偏了，宝钗的烦恼一直是存在的，只是她不说，外人也不察，香菱读到的那句诗“宝钗无日不生尘”可算是旁敲侧击罢。这一回黛玉看了信，也不禁惺惺相惜，不比上一回她俩倾心吐胆深谈，黛玉还说：“你如何比我？你又有母亲，又有哥哥。这里又有买卖土地，家里又仍旧有房有地。你不过是亲戚的情分，白住了这里，一应大小事情又不沾他们一文半个，要走就走了……”那时黛玉还不懂得宝钗。她从自己的痛点着眼，认为宝钗轻松，可是生而为人，哪有不烦恼的，譬如宝钗的这个哥哥，有还不如没有，只是这句话无法说出来，命运啊，为什么给了宝钗这么个哥哥？——粗夯愚蠢，骄奢豪横，吃喝嫖赌，惹是生非，大字不识凡几。不幸他们父亲早丧，否则宝钗的命运就不是这个格局，他们不必依傍贾府，她哥也不至发展成呆霸王。小小年纪，宝钗就成了一家之主：“自父亲死后，见哥哥不能依贴母怀，她便不以书字为事，只留心针黹家计等事，好为母亲分忧解劳。”难得的时刻，她对黛玉吐露了一句：“我虽有个哥哥，你也是知道的……”她并没说下去。

宝钗不说自己的烦恼，却时时替每个人考虑周到。黛玉多年嗽疾难愈，宝钗说“食谷者生”，吃药不如吃燕窝粥，知黛玉怕多事被人嫌，燕窝她来送，不惊师动众；湘云一时忘形说要做东办诗社，她知道湘云哪得钱来，就替她办了螃蟹宴；邢岫烟缺钱当掉了棉衣，她着人悄悄地赎出来还她；金钏儿投井死了，王夫人心里过不去，她出言慰解，并送自己的新衣服作装殓；哥哥出门带回的土产，她搭配妥当分送众人，连最不得势的赵姨娘都有份。说是冷美人，无情也动人，而观其实效，

这天，宝钗来探黛玉，说起这个病。宝钗道："药补不如食补。依我说，每天早起长吃燕窝粥，比请大夫还强。只消一年半载，保管你的病不发了。"（《拷打宝玉》第78页）

黛玉待宝钗去后，不由得想：宝钗平日待人，八面玲珑，可是我总嫌她虚假。照今日之事看来，也许是我多心了。正在想着，窗外淅淅沥沥下起雨来。（《拷打宝玉》第81页）

宝钗也当得起“爱博而心劳”这几个字了。她的心声，偶尔隐约地传递出来，如她生日时点了一出鲁智深的戏，还念了其中一段给宝玉听：“漫搵英雄泪，相离处士家……赤条条来去无牵挂……”她是个入世者，掩藏了出世的心。

正如命中必有的烦恼，每个人也都有命定的病根儿。宝钗的病，也曾缠磨她许久，还是一个和尚给的异方给治住了：“冷香丸”，须得春天的白牡丹花蕊，夏天的白荷花蕊，秋天的白芙蓉蕊，冬天的白梅花蕊，以及雨水之日的雨水，白露之日的露水，霜降之日的霜和小雪之日的雪，凑齐了制成药丸——这冷香丸的配制恰似宝钗“随分从时”性格的说明，方子虽难，难得可巧，她竟都依天时而得了，这天时中也包含人为。黛玉的病，和尚说是除非一世不见外人，且总不许见哭声方能愈可，这是完全不可能的事，黛玉的态度也消极，沉耽于自己的病中。宝钗有一次劝她：“若觉着身子不爽快，倒要自己勉强扎挣着出来各处走走逛逛，散散心，比在屋里闷坐着到底好些。我那两日不是觉着发懒，浑身发热，只是要歪着，因此寻些事情自己混着，这两日才觉着好些了。”宝钗也生病，但她用理性和毅力去抵抗，病也择人，敌强我弱，敌进我退，何况宝钗无事不知，还懂得药理。

在前八十回，宝钗的困难很少正面描写，在后四十回，她碰到的难题就非常具体而艰巨。从曹雪芹留下的第七十九回开始：她那称王称霸的哥娶了个河东狮回家，其人先压服丈夫，再进一步对垒婆母、挑衅宝钗，“宝钗久察其不轨之心，每随

宝玉叫喊着："和尚道士的话如何信？什么'金玉姻缘'，我偏说'木石姻缘'！"宝钗听了这话，不觉怔住了；再看宝玉，却又睡得很熟。
（《挨打宝玉》第68页）

机应变，暗以言语弹压其志"，话虽这么说，但这是在文雅的层面，与一个会撒泼打滚的悍妇同处一屋，她闹得翻江倒海，宝钗再是有涵养能应对，生活的安宁也被打破，基本日子不能过，"虢声狺语，旦暮无休"，这是她的表达，一流人被下三滥困扰。更难的是婚姻大事，续书者安排了黛死钗嫁同时进行，并且出了个"掉包计"的奇谋，这奇谋一箭三雕，一边置黛玉于绝地，一边要置宝玉于死地，同时也将宝钗置于一个异常难堪的局面中。

即使曹雪芹亲自来写，宝黛钗三人的结局如何筹措也是难的，比较合理的安排还是黛先死，钗再嫁，让伤感而失望的现实较和缓地显现。冲突太集中了，紫鹃的感受也是读者的心声："这些人怎么竟这样狠毒冷淡！"黛玉的心事他们不顾也罢，她病得奄奄待毙也无人来问一声，所有人都绕开潇湘馆，忙着操办金玉良缘，这背离了基本人情。续书者也意识到了不合理，行文中尽量铺垫照应，把各方面的情形解释圆转，他尽力了。毕竟前八十回文字经天纬地，极难收束，那么就让一个拙劣的掉包计去承担败笔之责，用它消解掉巨大的难题，于此基础上再重新组织逻辑。

贾府中多年来预计着的一桩大喜事办得匆忙潦草，贾母一句话就定了宝钗："只有宝丫头最妥"，她自己年事已高，同时贾政即将离家赴任，这桩大事赶着办了放心。王夫人和薛姨妈具体怎么议亲，书中略去了，王夫人和薛姨妈是亲姐妹，话是容易说的，有些不好说的也彼此意会了——宝玉丢了玉，人痴傻了，想用结婚来冲喜，娶个有金命的人帮扶他；同时薛蟠下狱，薛家需要仰仗贾家帮忙。贾母贾政问议亲的结果，答说议成了，姨太太愿意。薛姨妈应下了，回去问宝钗是否愿意，宝钗正色答，女孩儿家的事该由父母做主，再不然问哥哥，怎么问起我来？她甚至不再提宝玉的名字以避嫌。后听说宝玉病得厉害，薛姨妈心里未免踌躇，这时她和贾母已几次说委屈了宝丫头；凤姐探知宝玉的心意后，更出奇计，哄宝玉说娶的是黛玉，这个亏她——实际是续书作者——想出来的计策，贾母的反应也是："忒苦了宝丫头。"明知宝玉心里只有黛玉，而让宝钗顶着黛玉的名头出嫁，这对宝钗辱没太甚。宝钗的灵性与品格俱高，她若连这个都同意，就太卑下了，这个主意对薛姨妈也难开口，成何体统，所以有这样一种解释：宝钗母女对所谓调包之计并不知情。

带着这种解释去重读那几回，的确也能解释得通，凤姐说“这个话只说给宝玉听，外头一概不许提起”，商量时还说过宝钗在难以说话云云。先前筹备宝玉的婚事，也是下令不许声张，除了不能让林姑娘知道，还有宝玉之姊元妃薨逝、宝钗之兄尚在狱中，此时备办确为越礼的缘故，的确不便张扬。只是这些话，家人仆妇们需要清醒的头脑才能不出错——一边忙着准备婚事，一边不能提起这事，同一个园子里送帖过礼，要绕着潇湘馆走，回来也不提名说姓，而独对宝玉一人，又要哄他说娶的是林姑娘。七弯八绕，鬼祟夹缠，即使不说错话，也很难避免表错情。亲事在即，她们说一半瞒一半地对薛姨妈说了详细，“给宝玉冲喜，借大妹妹的金锁压压邪气”，薛姨妈回家细细告诉宝钗，宝钗先是低头不语，后来就自垂泪。她是什么都明白，还是为身不由己的处境而苦痛？即便她此时不知就里，拜天地时是雪雁搀扶她，入洞房后宝玉口口声声林妹妹，一切都已昭然若揭。

太难了，宝钗。难为她低头不语，难为她置若罔闻。设身处地替她想一回：母亲是糊涂的，众人是自私的，把事情安排成这样；哥哥在大牢中，嫂子在家里闹；丈夫昏聩病重，且心中完全没有自己。最清醒最为难的宝钗，真是情何以堪！虽然贾母一再体谅她的委屈，却又将另一个残酷的事实告诉她：林妹妹没了，“就是娶你的那个时辰死的”，并明言宝黛二人的病因就在此。宝玉闹了几天，在他声称要与林姑娘一同死的时候，宝钗冒众人之大不韪，痛下针砭，将实情告诉他，林妹妹已经亡故。这句话谁都不敢说，宝钗说出，贾母王夫人袭人莺儿等都深怪她造次，而她的做法竟是对的：“趁势说明，使其一痛决绝，神魂归一，庶可疗治”，果然奏效，宝玉死心塌地，医药与人言都可进了。在如此难堪的处境中，宝钗以她超凡的智慧和定力救了宝玉，度了自己，让几乎无解的局面出现转机。

但宝玉不去潇湘馆一回万不甘心，于是让他去了，宝钗也去了，众人都去了，宝玉叫来紫鹃让她详细讲出黛玉死前怎么病倒，怎么焚稿，临死说了什么话……他哭得喉干气噎，而宝钗也同样痛哭不已。宝钗是宝玉之妻，也是黛玉之友，命运给宝黛安排了这位最好的朋友，她在最不利于自身的情形下对他们的爱情给予了同情和理解。

贾母是明白人，事后她对薛姨妈道谢说：“宝玉的命都亏姨太太救的……独委屈了你的姑娘。”

宝钗也在等待，等宝玉将爱慕黛玉的心肠转移到她身上。她一直等到一年以后，水到渠成，她与宝玉才终有夫妻之实。这是宝钗。不屈就，不苟且，自尊自重，续书作者写到这一点，还是懂得宝钗的。

宝钗始终端重。李纨赞她的诗“有身份”，评得确，她咏白海棠诗的第一句："珍重芳姿昼掩门"，就是她的处世姿态，她是如此含蓄、自立。

2018 年 7 月 20—21 日一稿
2018 年 8 月 2—6 日二稿

凤姐有一万个心眼子

夏济安先生的观点：《红楼梦》的女主角，是王熙凤。在以宝黛为主线的绝大部分读者看来，这个说法偏颇意外，但假如由另一群人来评定——比如身在其中的大观园里的上下人等——只怕他们选出来的第一主角就是琏二奶奶，谁的位置都没她重要。

王熙凤在书中的确到处都在。“你瞧我忙的，哪一处少了我？”她如此自夸，并非虚言，从这个方面去奉承她也是能迂回达到目的的正确途径，馒头庵的尼姑静虚要托关系帮人赖婚，亲戚家的后生贾芸想谋个在园子里种树的差使，都是巧言令色，先夸说凤姐能干，她心里受用，一高兴你的事就有几分了。她是荣国府当家媳妇，宁国府又请她去协理家务，这两大家子的事，重比千钧又千头万绪，她竟能端得住，拿得下，确非常人。周瑞家的形容凤姐“少说有一万个心眼子”，这与作者借由贾宝玉的视角去形容林黛玉“心较比干多一窍”，不可互换，她俩的心眼照见的是完全不同的物事。

精明，强干，跋扈，专断，圆滑，贪婪，严苛，毒辣——在连环画套书的靠前部分，要集中展现王熙凤的这些特质，无疑应以秦可卿开丧为中心，凤姐主理其事，借机揽权，其他事则随主干选取。上美社新旧两版相对应的两册，1950 年代版书名为《王熙凤》，1980 年代版叫《熙凤弄权》，就脚本改编、素材选取而言，后者较得当。前者有几乎一半的篇幅叙写贾瑞那一段，开头就由王熙凤在园子里遭逢此人写起，还用这幅作封面，以体现王熙凤的心狠手辣，这走偏了。贾瑞那段是奇绝之文，但放这一册里比重不能太大。他若不是再三来招惹，王熙凤压根不会想到这个人，所谓“毒设相思局”，她本来只想冻他一夜叫他晓得厉害，他还来，心里想些什么！对凤姐和他自己连个基本判断都没，只好让他到黄河去死了这条心。这人占的篇幅多了，其他人事就少了，秦可卿几乎没露面、直接出殡，贾珍悲痛得不成体统，他的言行其实尽是戏。还有出殡途中路遏北静王、又在农家歇脚这些高低错落、颇有意趣的枝叶，旧版里没有，新版里都有，可谓情节丰富，裁剪恰当，节奏适宜。

说到节奏，凤姐去看过病中的秦可卿出来，在园子里有一段写景的文字，小画书《熙凤弄权》都保留了：

> 凤姐让婆子媳妇们先走，自己从里头绕进园子的便门来。只见黄花满地，红叶翩翩，小桥清流，曲径疏林，楼台亭榭，景色如画。

真好。凤姐方才哭过了来，她与可卿最是要好，哭是真的，但出门看见园中景致，不觉心情一换，这是生活常情，也是小说调整节奏、连缀段落的极佳笔墨。凤姐是大忙人，难得有暇专门到园子里赏花看叶，办事的途中匆匆经过，她这么个聪明人，岂有好景致入眼而不入心的？她的闲情有了着落，且与林黛玉的“花落水流红，闲愁万种”判然有别，她的心境是一派明朗。

接下来，按原著是贾瑞从假山后面钻出来，画书则是把前面第七回焦大醉酒骂人那段挪过来了；凤姐回到屋里问平儿有什么事没有，平儿答说有三百银子的利银送来，原著仅这一笔，画书为了集中表现，把后面第三十九回袭人问平儿月钱怎么还不发放也一并安插在这里——这真早了些，凤姐放利生息就目前应该只是“微露意”，要等她在馒头庵破坏一场好姻缘赚了三千银子之后才渐渐明目张胆。馒头庵的事是第十五回，到第三十六回王夫人问起凤姐月钱有无按数发放，凤姐当面答得滴水不漏，出来就骂人；再过三回，平儿悄悄答复袭人月钱是奶奶支出去放利了；再到续书一百零五回查抄贾府的时候，抄家搜出一箱子重利借券，追问谁干的，凤姐一下仰身栽倒，整桩事这才写完整。叙事明暗交替，节奏稳中渐进。

整部书里王熙凤办的各色事，挑出来也够写个二十万字的长篇了，但那样太紧实，还是让她在整部《红楼梦》里做个事实上的女主角更张致。她是个光彩夺目的人物，尽管我们深知她的缺点，也亲眼看她干了不少坏事，却都不讨厌她，即使她说：“我从来不信什么阴司地狱报应的……”究其原因，还是她聪明，人情味儿浓厚，说话办事都漂亮，让人由衷赞赏。

凤姐识字不多，话却说得句句有风趣。她问丫头小红的名字，小红说原叫红玉，因重了宝二爷，就只叫红儿了。凤姐听了将眉一皱，说："讨人嫌得很！得了玉的益似的，你也玉，我也玉。"假如她说"得了玉的好处似的"，句子就平淡无味，伶牙俐齿的她信口就是"得了'玉'的'益'"，两字双声，仿佛叠韵却又差那么一点点，讲起来有绕口令的效果；后面两句短的再加上去："你也玉，我也玉"，又使她的话像一首小令。王熙凤当然喜欢小红，这丫头这"奶奶"那"奶奶"的一长篇几家子的话讲得清清楚楚——闲处落笔的对话都这么出彩，不知作者从何处想来——也只有日理万机的凤姐能听懂。她顺便抱怨，平时就怕跟丫头婆子们说话，那些人必定把一句话拉长了作两三截儿，哼哼唧唧的，急得她冒火！真是呢，她这么个伶俐爽快人，听那些笨人的话，拖沓啰嗦不得要领，确是要命！

协理宁国府，凤姐大展身手。贾珍来相请，王夫人还怕她干不了，她最喜揽事，一口应下。去之前，她先花了些时间在腹内思量宁府痼疾：人多手杂丢东西是一，事无专人临时推诿是二，浪费滥支冒领是三，干活苦乐不均是四，家人放纵，有脸的不服管无脸的不上进是五……她要来花名册查看，命次日一早传齐宁府所有人听差。她自己到场更早，发话过后，按花名册一个一个叫进，把人分成几班，各司专职，由管家媳妇每日查看，规定每日卯正二刻点卯，领牌回事则在午初二刻。差

（《熙凤弄权》第41页）

使一一分派，某人管某处，某人领某物，开列清楚，吩咐明白。每件事，她掷帖发令，接令领牌、事毕交牌，有差错的，或赔或罚，迟了误了板子是要结结实实打在身上的。凤姐甫一管事便威重令行，风气整肃，立竿见影，合族上下无不称叹，她这把交椅一坐就稳了。凤姐心中得意，在秦可卿的盛大丧礼中，独她一人周全承应各色人等：

> 合族中虽有许多妯娌，但或有羞口的，或有羞脚的，或有不惯见人的，或有惧贵怯官的，种种之类，俱不及凤姐举止舒徐，言语慷慨，珍贵宽大；因此也不把众人放在

眼里，挥霍指示，任其所为，目若无人。

这个场面中的王熙凤，大概是她自己最满意的个人形象，要选正面照片她肯定选这张，比林黛玉初进贾府时她先声夺人的亮相更加大气而矜持，收放自如，洒爽风流。论理家才能，宝钗、探春或许不在她之下，她两个又兼饱读诗书，腹中经纬更胜一筹，但真要选一个理家的最佳人物，还得是熙凤。管理一个大家庭，其中具体的事务只是基础，最难处理的是那些复杂的、微妙的、相当棘手难以处置的人际关系：祖孙、父子、叔侄、兄弟、婆媳、妯娌、这房那房……一个已婚的成熟妇女，比一个未婚姑娘更能圆转妥帖地体味和照顾到各种关系。宝钗、探春也太文绉绉，家务俗事还是阿凤来得更实际，尽管她只是“颇识得几个字”，但智商情商都一流，且不忌惮用不入流的有效办法。

人皆有两面，优点与缺点彼此伴生。凤姐把家事撑圆了，算盘打足了，同时也被人说太狠，得罪一大片。她丈夫的心腹小厮兴儿，在贾琏在外偷娶的尤二姐面前，细细地把关于她的坏话都说全了：“心里歹毒，口里尖快……合家大小，除了老太太、太太两个人，没有不恨她的，只不过面子情儿怕她……连她正经婆婆都嫌她……”好长一篇，还不算最难听的，最难听的偏给她听见了——她在窗外，听见屋里她老公的姘头在床上说：“多早晚你那阎王老婆死了就好了。”她老公说：“平儿也是一肚子委屈不敢说。我命里怎么就该犯了夜叉星！”凤姐气得浑身乱战，回身先猛打身边的平儿，再踢门进去厮打，闹得贾琏连剑都拔出来了，一路追她到贾母跟前。事后和解，她哭着对丈夫说了番伤心话："我怎么像个阎王，又像夜叉？那淫妇咒我死，你也帮着咒我。千日不好，也有一日好。可怜我熬得连个淫妇也不如了，我还有什么脸来过这日子？"做人都有软弱时、伤心处，这一回凤姐就是了。她如果细想平生痛处，还真不少：丈夫急色滥情，自己又总无子嗣，身体多病，辛苦做事却招人恨……

凤姐平时太忙，忙的人总是兴兴头头，不太想到伤心事。她兼管两府家务的时候，刚到宁府，荣府的人就跟来；回到荣府，宁府的人又找来，茶饭也没工夫吃，坐卧都不能清净。一天到晚，接连不断，总有家人媳妇来回事，她手下某个刁仆形容的话倒是实情："我们奶奶天天承应了老太太，又要承应这边太太那边太太。这些妯娌姊妹，上下几百男女，天天起来，都等她的话，一日少说大事也有一二十件，小事还有三五十件，银子上千钱上万，一日都从他一个手一个心一个口里调度……"替凤姐想想，真是难为她，看着是养尊处优，金银堆砌，在屋里坐着，出门轿子抬着，饮食起居随时有人服侍，殊不知劳力不如劳神，内里耗损巨大。"少说有一万个心眼子"，每天千头万绪地打心里过，真好比万箭穿心。虽有个赤胆忠心的平儿堪称她的一把总钥匙，她对她又有所嫉妒。下人未必是知事的，探春理家时刚发作一场，哭了，正由人服侍着洗脸，有个媳妇见空就上前回事，被平儿斥退。常情多如此，人们往往看着谁有个空儿，就上前说自己的事，想不到人家心里其实没一刻有空儿。仅外在凤姐都难得有空，家人闲聊时她一刻不停地说笑逗乐，哄全家开心，负责安排饭，饭来了，她得张罗，有螃蟹之类的还得亲手给贾母等人剥……

所以凤姐殚精竭虑，操劳太过，身体其实很差，下红、小月不止一次，抄检大观园忙了一夜，下面就出血不止起不来床了。但她身不由己，跟所有人一样生活中不如意的事情是那么多。丈夫在外偷娶了二房，她得想办法对付，对付人是一，欲除之而后快，但不能明着干，表面上要做好人把人接进来再害她；同时到知情有份的贾蓉母子那里去撒泼大闹，顺便讹诈一笔；再处理在各处设法的过程中惹出来的麻烦，找人去摆平，摆不平的话就把人治死……她这一万个心眼子滴溜溜转，机关算尽太聪明，反误了卿卿性命。

但王熙凤必须是这个样子。一日无她，荣宁两府都不转了。“恨凤姐，骂凤姐，不见凤姐想凤姐”，这话说得极是，哪天她没了，所有人都会想起她的好处：要是凤姐在就好了……

2018 年 6 月 4—11 日

尤二姐的春天

1950年代由三民、新美术、上美几家出版社陆续出版的《红楼梦》连环画套书，经过多次修订增补，版本不一。最初三民组织此书时，高度重视，邀请了上海一批具有古典文学素养的人士组成编辑组，确定分册选题和撰写文稿；再延请沪上连环画名家刘锡永、江南春、董天野、张令涛、胡若佛等人精心绘制。文稿简练通俗，画面精雕细琢，装帧印制考究，出版后广受欢迎。新中国成立后首次编绘全本《红楼梦》，要照顾到当时的民情和群众文化基础，所以文稿的改编以现在的眼光看略嫌粗浅，或有失当。譬如，为了在一分册里讲述一个人物的完整故事，把原著中此人的故事都集中摘出，这样就损失了时间的自然长度和纵深感。“红楼二尤”的故事分作两册也不必，情节是彼此关联的，难以分割，人物也是参差对照的写法。

上美社重印此套书，选了不同版次的十九册，其中张令涛、胡若佛的有六册，包括了宝玉、黛玉、凤姐、鸳鸯以及刘姥姥等诸人的篇什。我以为，这些人交给他们并不合适，这对黄金搭档的画功自不必说，吹弹不破，然而线条过于流畅，熟极而流，人物形象也太定型——老戏骨要寒心了，但我们的确需要新面孔。这几册书中人物，只王熙凤可以交给他俩，然而也不出彩。红楼女子适合张胡去画的是尤三姐，故他俩在人美社出版的单册《红楼二尤》就胜出了。张胡的绝色线条，适合描绘性格较为抽象而风姿绝艳的女子，凤姐在馒头庵里破坏的好姻缘，那对青年男女有点像《红楼梦》的作者看不上的小说唱本人物，只有套路化的性格而面目不分明：彼此知义多情，忠贞不渝，得知要被两相拆散，就双双殉情了。故而，《王熙凤》中那个悲愁困顿最终殉情的姑娘，是这一册书里画得最成功的。

还有一位画家也画了这套书的五册，以综合水平以及适合程度论，我认为他是这套书的最佳绘者——董天野。他的画风，有些许张光宇绘《金瓶梅》插图的神韵，但较写实不夸张，严谨考究。他的考究，体现在细节上：《尤三姐》的开头看戏的场面，戏台上那个手持笏板、高蹬朝靴的官员，他脸上戴了一副诙谐喜气的面具，这副笑眯眯的面具就是画面之眼，统摄住台下看戏的一众人等。有人像我一样注意到台上丑角的面具吗？如此一个无名配角，都勾画得有奇趣，神完气足。《司棋与潘又安》，夜色中鸳鸯无意间撞见了两个人的幽会，司棋闪身跑进树丛，鸳鸯在后面追她的情景，画面何其引人入胜。而之前的两幅，鸳鸯独自走路的姿态又是如此端丽娴静，大观园中，角门虚掩，微月半天，静，蕴蓄着下文的动。《拷打宝玉》中有黛钗互剖金兰语的一段，黛玉让宝钗晚上再来说话，到黄昏时却变天了，窗外淅淅沥沥下起雨来，黛玉坐在窗前，看窗外扫

三姐道："我们金玉一般的人，怎么白叫这班现世报玷污了去，而且他家里那个'凤辣子'知道了，怎肯罢休？"（《尤三姐》第24页）

过竹梢的雨，这一幅颇堪玩味，画家的笔触是实的、硬的，而画面充盈着雨的意味、惆怅之情味。五册画书五百余幅，事无巨细，画家毫无懈怠，每幅都工整精美。

《尤二姐》《尤三姐》两册都出自董天野。"虽然生得一样貌美，但两个人的脾性却恰恰相反，二姐柔弱，三姐刚烈"，是以二姐穿的是普通式样、端良的对襟衣裳，三姐则是简洁利落、有英气的套头圆领衫。三姐在席间激烈对垒贾珍贾琏的那段，文字脚本没有像原著那样明写她索性脱去了外衣，画里画出来了：三姐的外衣搭在椅背，她身穿深色袄——白描连环画很少出现深色，这里尤三姐的深色衣衫，与书的开头戏台上她看中的柳湘莲扮演林冲的深色衣衫遥相呼应，凸显于凡众——手持酒杯，睥睨谑浪，高谈阔论，忽起忽坐，忽喜忽嗔，把珍琏二人禁得身酥口麻，作不得声，欲近不能，欲走不敢，“他弟兄两个竟全无一点别识别见，连口中一句响亮话都没了，不过是酒色二字而已。”写出这番出格场景的曹雪芹，对女子真有超卓的别识别见，所以尤三姐吸引了读者广泛的讨论，其实他写尤二姐的笔墨也极之充分。二姐是另一类型的女子，她的软弱、虚荣是常见的，她的忍耐、善良也不罕见，组合在一起，因曹公写她的心思细致婉转，也成了独特，与三姐并立，并不缺少光彩，她在人生末路时与三姐梦中对话，她对自己的性格与命运是接受的，认为理所当然。

“将姐姐请来”，原著中三姐准备要开闹时这么说，可见二姐不在场，连环画书把一切分寸都削减，写她也在席间，本是跟贾琏计议着要把三姐嫁给贾珍，现在看着她妹妹闹，神情伤感。画书中的三姐自然没有闹至“淫情浪态”，她洞穿一切的言语，二姐听了会太刺心：“这会子花了几个臭钱，你们哥儿俩拿我们姐儿两个当粉头取乐……你那老婆太难缠，把我姐姐拐了做二房，偷的锣儿敲不得……”这里细读原著，会发现尤二姐关键地方是在护着她妹妹，贾琏自己娶了二姐，想把三姐弄给贾珍卖好，贾珍自然不想丢手，二姐则为妹妹尽量抵挡，争取往外找个正经人家，假如妹妹心上有了人，就依她。

三姐说姐姐糊涂，其实二姐不糊涂，她知道一切，软弱使她不去深究，善良使她心怀希望。在贾府住着，失脚于姐夫贾珍，问题的关键或许在于“家计艰难，全亏了这里姑爷帮助”，她娘说的这话才叫真糊涂。贾琏看中了她的美貌与温柔，眉目传情之外，再亲身走来家里，找她讨要槟榔吃，再偷偷撂过来个九龙佩，就算定了情。贾蓉自告奋勇来做媒，心里打的主意却是贾琏娶了，少不得有时不在，他可趁机来鬼混。在混乱不堪的一团中，贾琏这么个随处偷鸡摸狗的人，当真起心娶她做二房，这也许是他待女人的最大诚意了。不知二姐对婚姻的最大憧憬是什么。她自小指腹为婚有个未婚夫，夫家后来败落，多年音信不通，她常怨父母错许。借住贾府和姐夫不妥了，贾琏再来提亲，似是一个权宜的选择。贾家权势冲天，锦衣玉食，只是娶她不能进门，贾琏有个极厉害的老婆在家里。他能给她提供的生活是，买一所房子在外住着，王熙凤说是有病不能好了的，等她死了，就接她进去做正室。虚幻描述的前景，听来不错；实际地这么过起来，似乎也还不错，贾琏每月供给家用，她们母女单独住着，他两处来往，这单独的小日子还很丰足。

这可算是尤二姐一生的春天了——新婚宴尔，贾琏对她越看越爱，越瞧越喜，不知怎样奉承才好。画中，她坐在窗前对镜梳妆，妆台上一面大圆镜，她手中一面小圆镜，照影簪花，可以瞧见自己的侧影、后影。她是个标致人儿，不同的人都说，她比凤姐更美，贾琏的说辞是凤姐给她拾鞋也不要。贾琏站在她身后，做着大幅度的手势，无非是在极力示好，他要给她什

贾琏对二姐越看越爱，越看越喜，不知要怎样奉承才好。并说：“只等那个泼货一死，我就接你进去！”（《尤二姐》第40页）

么、给她什么。他真的把他的积年体己都搬了来，让她收着，枕边衾内又告诉她凤姐素日的种种，凤姐待他何其严苛，他这边得个豁口，尽情倾吐，这般的交心，确有真情在了。他与凤姐，是家族中的正牌夫妻，彼此配合是默契的，但她太强悍太占上风，他憋屈之下自然有所保留；外面的浮花浪蕊，不消说作不得真，所以他心底的那一片欠缺，恰好在二姐这里补上了。说真的，他俩挺般配，不仅是品貌，还有心态。贾琏不过问她的过往，她也不在意贾琏的风流。不说是非对错，只是刚好合适，一对人儿。

只是好日子何其短暂。这一天，那一声：“快通报二奶奶，府里大奶奶来了！”不啻平地一声雷。平时被形容得阎王一样的王熙凤从天而降，居然和颜悦色，谦卑自责，说起话来也是满腹的苦水。善良的人轻信，二姐由是也对她倾心吐胆，言听计从。凤姐请她一定搬进府里同住：“奴愿作妹子，每日服侍姐姐梳头洗面，容我一席之地安身。”话说到这个地步，二姐还有什么不肯？她心里本来就肯，她盼望着搬进贾府，并设想过与凤姐共处的情形，“我只以礼待她，她敢怎么样？”凤姐敢怎么样？凤姐的心狠手辣超乎她的想象。搬，那这里怎么办？这里是她的温柔小家，而凤姐说这些粗夯货要它无用，一句话就把她的家拆了。

二姐当然想不到在安置她的贾府陈设齐整的房间里，丫头竟会不拿茶饭来给她吃，拿来的，都是不堪之物，无法入口。手段如此卑下，藏在凤姐口口声声“下人不到之处，只管告诉我”的背后，二姐这良人，既相信是下人的错，又不愿惹是生非，反倒替她们遮掩。二姐和凤姐，相处得和美非常，凤姐暗暗告诉她些话，说妹妹的声名很不好听，老太太、太太们都知道了云云，一面言词诛心，一面暗中把二姐腹中的胎儿打下，将她推向死地。二姐寻的死法是吞金，正如她的处世风格，要保全颜面，什么苦都暗自吞下去，连金子都吞——“几次狠命直脖，方咽了下去”，这句话惨绝，金子绞杀了她，外表容颜如生。

刘旦宅绘红楼人物，一幅一人，“三姐饮剑”“二姐吞金”，这绝色的两姊妹都是自尽的，令人扼腕。三姐刚强自爱，面对污浊的环境以及心爱之人的弃绝，她以死扳回局面，赢得了他的爱与敬重。二姐柔弱退让，退到无可退之处就寻死，她不责怪任何人，也不责怪她自己，而死的定律作用于人世，对于一个刚刚死去的人，“生前诚可憎，死后皆可爱”，人们会想起她的一切好处，尤其一个自寻短见的人，人们会分外觉得她可怜，终于体谅她了。已经疏淡她了的贾琏抚尸大哭；府里那些丫头仆妇，本来是顺从凤姐的旨意欺凌作践尤二姐的，现在她真的被欺凌死去，他们才回头想起她的温和伶下，待人宽厚，其实比凤姐强太多，他们当然情愿琏二奶奶是她。而不到此时，他们也不会这么想，就在前一刻，放心不下的平儿过来探望，房门外的丫头们见二姐没起来，都乐得轻松，图画上，几个丫头把扫帚水桶丢在一边，正在叉着手指挑线绷玩儿。

2021 年 1 月 26 日—2 月 1 日

夏金桂最喜啃骨头

世间一物降一物，有一条潜在的食物环链。

呆霸王薛蟠无法无天，百般混闹，众人都拿他没办法。他在外不止一次地打死了人，家里人又哭又恨，但还是帮他打点摆平，他就越发为所欲为。每每，解决他的办法是他自己寻着的，比如他调戏柳湘莲遭到痛打，着实吃了一回亏。他睡倒在炕上，气得大骂柳湘莲，叫小厮们去拆他的房子，打死他，跟他打官司。他妹妹不怒反笑，说“这才好呢”，她这哥哥不成材，让他吃点亏才晓得。

薛蟠与他的正牌妻子夏金桂，两人倒是一见钟情，她也是他自己觅来的。

薛蟠因被打伤，愧见亲友，托辞出门学生意。途中想起夏家这门老亲，顺道去探望，就遇见了他的命里克星夏金桂。最初也是一场美丽的相遇，这事由后来几乎被金桂凌虐致死的香菱来转述：夏奶奶没儿子，一见薛蟠“出落得这样”，“又是笑，又是爱，竟比见了儿子还胜”，就让女儿出来相见，两人一见即情投意合。听听这个话——薛蟠出落成这样！这般招人爱！盖因这事是他自己先说的，该人看自己正是如此也；而夏家看

这位夏家小姐，乳名金桂，不仅生得美丽，而且知书识字。只是由于自幼娇生惯养，性情不免骄悍。（《呆霸王薛蟠》第50页）

中他为婿是实，他们的眼光也的确非常人。这位夏金桂小姐，听说是才貌俱佳，她家里专辟几十顷的田地种桂花，长安城中人称“桂花夏家”，这就是她名字的来历。这位桂花丛中长大的姑娘让人充满期待，连香菱都一心盼着早些娶过来，好添一个写诗的人呢。

她露面了——在沪上老版《呆霸王薛蟠》的第49页，她与薛蟠拜堂成亲，然后揭去盖头过日子。其后两幅图极其出挑，这个人物形象设计，一定是刘锡永做的——第50页，她坐在妆台前，长发纷披肩头，散而不乱，瓜子脸，樱桃口，柳眉细眼，额前发际一个美人尖儿。她侧过身来，一手叉腰，一手指

薛蟠因她美貌，百般纵容，倒也不以为意。不想夏金桂一心拿出威风来。薛蟠呢，正在新婚的时候，凡事一味容让，以致越发助长了金桂的气焰。
（《呆霸王薛蟠》第51页）

斥跪在地上的丫头，她的凶悍在她的神情眼光中，寒凛凛，她绝对不笑。是个美人儿呢，她这么凶着都好看，倘若换作和颜悦色，就要变作了金陵十三钗。下一页，她的身子又转向了另一边，双手叉腰，因为薛蟠出现在了这一边，躬腰作揖向她赔小心，画面随之兜转，让我们和薛蟠一样看她的后背。她很美。颈后垂着一绺长发，束着，衬托她美丽的头形，很有风致。薛蟠怕她因为她很美。旁边跪着的那个不知所措的丫头，看他俩看呆了。

《呆霸王薛蟠》以薛蟠为主角，将他的主要事迹贯穿，夏金桂的戏份很少，她出现的画面仅六幅。其实这个人物十分成功，在原著里，“薛文龙悔娶河东狮”是第七十九回了，后面关于她的情节一直延续到一百回之后，但相当浑成，第八十三回她与陪嫁来的丫头宝蟾闹，“宝蟾也是夏家的风气，半点不让”，颇似曹雪芹口吻。关键还是曹公的头开得好，他写金桂，我以为最绝的是这句：“生平最喜啃骨头”，一笔就刻画出这是个刁钻人。是有这种人，嫌吃肉没劲，要连皮带骨，花费工夫去啃，才来劲儿。金桂自小娇养，肥鸡大鸭子早吃得腻掉，她每日杀鸡鸭，把肉赏给人吃，她单以油炸焦骨头下酒。知道了她这一嗜好，对于她怎么能看上薛蟠，就会有所顿悟。

金桂不发脾气的时候，喜欢纠聚一伙人来斗纸牌、掷骰子，我很奇怪都是些什么人能被她找来。大观园里那群姑娘们风雅之甚，连薛蟠身边的香菱，都从不去想自己的苦命，痴憨地一门心思学作诗。金桂能找来什么人呢？如果不能越过贾府的深宅大院到外面去找，那只有在园子里使唤的那帮媳妇婆子们，斗纸牌掷骰子她们一定很在行。物以类聚，让夏金桂看看这些与她玩得来的人，问她对这朋友圈是否认可；同时，她的宝蟾又与薛蟠一点就着，好得如同烈火干柴，再问她作何评论。——这么问仿佛照镜子，不乏灵性的夏小姐对她自己可交代得过去吗？

薛蟠不知怎么看上宝蟾的，两人也有最开始的试探阶段。薛蟠让宝蟾倒茶，接碗时捏她的手。宝蟾乔装躲闪，无辜的茶碗落地摔碎了。薛蟠说宝蟾不好生拿着。宝蟾说姑爷不好生接。

没提防——是读者没提防——金桂居然在旁边，这两个人好大胆子。金桂冷笑一声，说："两个人的腔调使够了，别打量谁是傻子。"这话说得一语中的，画面中，她的身段也配合着，头歪着，眉耸着，腰肢扭着，兰花指翘着，脸上微微笑着，几乎是一种得色。

要看全须全尾、又讲述紧凑的夏金桂的故事，可以看上美社 1982 年版的这一册《金桂之死》，它把散落在数回里的情节集中在了一起。画家杨秋宝画了这套《红楼》中的五册，他笔法老练，运笔洒脱，我觉得贾政王夫人这些人在他手上真是得其所哉，要画夏金桂，他也是这一套书十数位画家中的最佳人选。多幅连环画面，场景随情节推进而变换角度，调度有方，富于镜头语言。

夏金桂在《金桂之死》中的身段真足。她本是个"舍得做"的人，想得到做得出，心狠手辣，脸面不顾。她跟宝蟾闹起来，两个只差没有对打了，撒泼打滚、寻死觅活，"昼则刀剪、夜则绳索"，这就是所谓夏家的风气罢！宝蟾是她的陪嫁丫头，本该是她的心腹，她嫁过来首先看到一个香菱碍眼，想借宝蟾来摆布，这手法与王熙凤借秋桐压服尤二姐如出一辙，但凤姐步步得手，除掉二姐再除秋桐，她却反惹得宝蟾借此上位成了第二个敌手。作者说金桂"心中的丘壑经纬，颇步熙凤之后尘"，其实差了不止五十步，王熙凤目标清楚，她思路凌乱，一切表现似乎只增加了戏剧性效果。

所以《金桂之死》中常有一堆人围着看热闹的场面，如这

（《金桂之死》第27页）

幅：金桂在床上装病，忽又从枕头里抖出一个纸人，写着她的名字，有五根针钉在她的心窝等处。她立刻大叫大闹，做张做致，说有人害她。这么大动静，人都赶到她床前来，金桂只穿贴身小衣，跪在床上望后仰倒，亏了丫头死命扶住，金桂的这个姿势，使她曲线毕露，她两只胳臂挥舞招展，根根手指不安分，在在手势都配合她的哭喊。另一个丫头神情无谓，她必是宝蟾了，旁边再两个丫头在撩起帐子，中间是薛姨妈、宝钗，被挤到一边儿的，是薛蟠，毫无主意地看着他老婆。有人嫌我呢！金桂说。她这些时不在你房里呀！薛蟠说的是宝蟾。那还有谁呀？金桂说。她这半个月叫香菱陪她睡，每夜叫她七八次，一会倒茶一会捶腿，宁可自己不睡，也不让她睡。薛蟠此刻听了她话，就拎起大棒直扑香菱。

香菱很可能就这么被折磨死了——一个老实软弱，从小受尽了命运颠簸的丫头，怎经得起悍夫的毒打和妒妇的凌虐？古代人的生命比我们要脆弱，尤其古典小说里的人，很轻易就会丢掉性命，而香菱在八十回以后似乎是熬过了许多劫数，悲泪饮咽，活得很真实了。

金桂后来想药死香菱——那时，薛蟠又在外打死了人被关在牢里，她独居寂寞，忽而看上了帮忙奔走此事的薛蝌，薛蝌偏又信任香菱，使她醋意大发。她要勾引薛蝌，宝蟾给她出主意，两个又好了起来，每日商议行事。怎么对付香菱？金桂想药死她。要掩盖这一打算，她故意对香菱好，香菱病了，她亲自熬药端来，到跟前时自己烫了手，连碗砸泼，她不仅不发脾气，还拿笤帚来扫净了地。她扫地的姿势颇可一观，本来是从没扫过地的人，动作不太正确，她还特意要做给香菱看，就更加造作，这下不仅香菱在床上躺不住，连宝蟾都赶忙拿了帕子跑来服侍。金桂变好了？宝蟾也摸不到她的心思。金桂让宝蟾做两碗汤，她要跟香菱同喝。宝蟾心里不服气，在一碗汤里多搁一把盐，那是要给香菱的。于是留心，看那碗多搁了盐的汤放在金桂面前，忙趁她不注意，把两碗汤对调一下。金桂喝下那碗汤，没多久毒性发作，这“搅家精”极其难看地闹了最后一场，死了。可怜的香菱，幸好两个人都想害她，她才在盐与砒霜之间捡回了性命。金桂死后，人们一步步回味过来，脊背

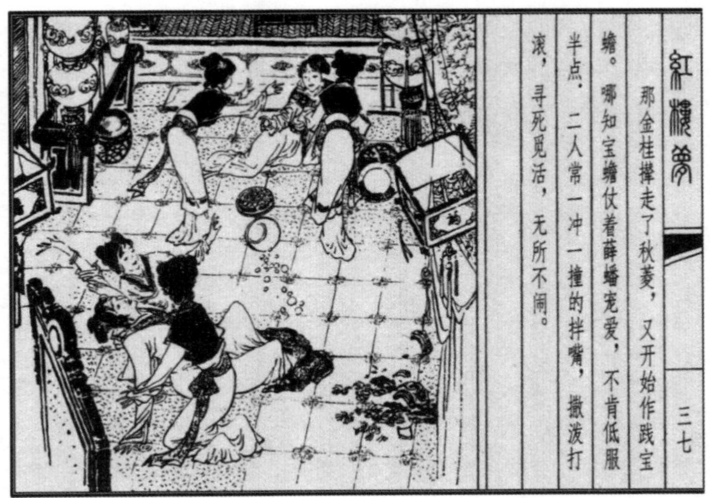

（《金桂之死》第37页）

会一阵阵发凉，尤其宝蟾，她也许想到若是香菱死了，金桂可能会以她来收场。

金桂死得天理昭彰，故事稍嫌太圆，距离通俗小说近了些。但她的后一半故事难为，就好比几乎是个完人的薛宝钗在这家庭中的难为，在第八十回，曹雪芹写金桂意图挟制丈夫，再将及婆婆与小姑，对此，宝钗的做法是“每随机应变，暗以言语弹压其志”，而至于怎么应变，怎么弹压，都该续书的作者去具体经营了。连张爱玲都说“撒泼不是容易的事”，写悍妇是需要想象力的。

金桂闹得实在不成话，典型的自作孽不可活，人们觉得不用管她的心了。我倒是有些好奇她的内心，当她设计陷害香菱，把一个小玩偶人儿写上自己的名字，拿针扎在她的心窝的时候，不知心里做何感想。

2017 年 6 月 13 日—17 日

浅草才能没马蹄

田晓菲在《秋水堂论〈金瓶梅〉》里说,《金瓶梅》所写的,正是《红楼梦》里常常一带而过的,而且总是以厌恶的笔调描写的中年男子与妇女的世界,是贾琏、贾政、晴雯嫂子、鲍二家的和赵姨娘的世界。此言甚是。这两部书,作者的目光与情感更趋向哪个年龄层次的人群,与他自己的年龄关系不大,是他的世界观使然。

《红楼梦》中的主角宝黛钗等,都只十来岁,服侍他们的那一群丫头,年龄也不相上下;大观园里那些媳妇、婆子们,年纪大约三十多至五十余,她们经常是某个丫头的嫂子、婶子、娘或外婆。对这两个群体的集中描写改编成了两册连环画:《宝玉瞒赃》和《抄检大观园》。后者有秋风肃杀之感,前者则甜美可喜,它恰好在我十二三岁的时节到来,入眼入心。书中有这么多芬芳的情节:一日清晨,湘云春困醒来,觉得两腮作痒,疑是犯了桃花癣,向宝钗要蔷薇硝擦。宝钗没有,就叫莺儿去黛玉那里取,蕊官也一同去了。路上经过柳叶渚,巧手的莺儿采了许多嫩柳条,一边走一边编花篮,又折一二枝花,插在布

〇三三 两人出了蘅芜院，路过柳叶渚。莺儿见柳叶正绿，随手采了些嫩条，一边走，一边编花篮。又折了一二枝花，插在布满翠叶的篮子里，煞是好看。

（《宝玉瞒赃》第33页）

满翠叶的篮子里。到了潇湘馆，黛玉问这个花篮谁编的，莺儿说：“我编的，送给林姑娘玩。”——这些情景，真是芳香四溢，这些女孩儿正如初春的花朵柳叶，画中也处处是桃红柳绿，情韵满纸。

“柳叶渚边嗔莺叱燕　绛云轩里召将飞符”“茉莉粉替去蔷薇硝　玫瑰露引来茯苓霜”，原著用几回的篇幅专门写这些女孩的琐屑。女孩之间情意缠绵，小物件送来送去；喜欢的人，巴心巴肺对她好，厌恶的人，大家抱团儿一起去踩。这会牵扯到多少复杂微妙的人际关系，她们大多不管不顾，由着性子做事，局面由旁人替她们收拾，最终，她们也不免被人收

（《宝玉瞒赃》第34页）

拾了去。

从潇湘馆拿到蔷薇硝，蕊官特意要分些给芳官，托人送到怡红院，先给宝玉看，贾环恰好在，他看了也讨要，芳官说别动这个，她另拿些来，回房取却见盒子空了，就包了些茉莉粉。蔷薇硝似乎只是普通之物，小姐们有，丫头也有，而贾环要当稀罕物儿讨去送给他的彩云，说“横竖比买的强”，赵姨娘又为送的其实不是蔷薇硝而赶来跟丫头们大闹了一场，都是不同人的品性在微物之上的映照，正如同贾宝玉先看到芳官拿着纸包，笑问是什么，他是肯定会问的，他连女孩们用的胭脂膏子都会调制呢。

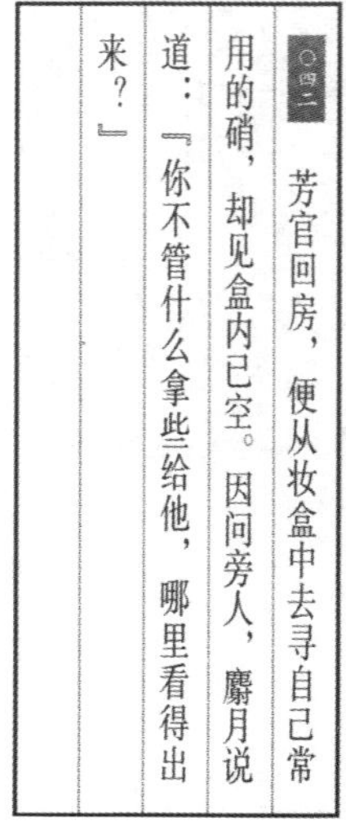

（《宝玉瞒赃》第42页）

我看这书的八十年代中，虽然没有蔷薇硝与胭脂口红，珍珠霜与爽身粉是有的，后者也是盛在一个圆纸盒里，故而，芳官揭开她的圆盒的盖儿，我仿佛也看到空了的盒底，残余些许倒不出来的粉末儿。要学些书中够不着的腔调儿，这个便是写意，公子小姐们的生活太大于我们，倒是这些丫头们的贴肤可亲。麝月在旁搂着芳官的肩——这画书中多有女孩间的亲昵之态——两个女孩都眉目秀丽，看上去年纪相若，其实芳官要小得多，原著中写袭人几个很照顾芳官，晴雯还帮她洗头。芳官的干娘，先给她亲女儿洗过头再叫芳官用这剩水洗，芳官跟她吵起来。袭人从屋里取了花露油、鸡卵、香皂、头绳之类，晴

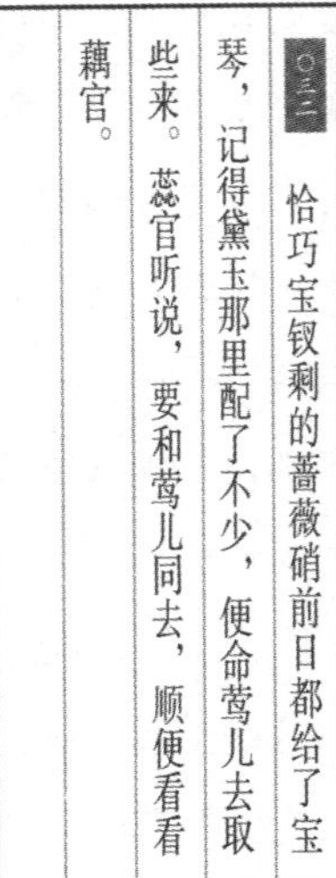

（《宝玉瞒赃》第32页）

雯把干娘数落一通，替芳官洗净了发，用手巾拧干，松松地挽了一个慵妆髻。从来没有哪部古典小说里写姑娘们怎么洗头的，要说起这个，不管是丫环、小姐，跟我们都有得说来。在这册画书里我们还能看到湘云、黛玉的晨妆，秀发披散，各具风致，宝钗起得早，已是头面齐整，举止矜然，宝姑娘从不会有不齐整的时候。

芳官跟她干娘吵架时，贾宝玉就在旁边。他恨得用拄杖敲着门槛，说这些老婆子都是铁石心肠，不照看、反倒折挫这些女孩子们。他碰见藕官在园子里烧纸，她干娘去告了状，要拉她去见太太时，宝玉也是用拄杖敲开那婆子的手，说是杏花神向他要纸钱，托藕官烧的，却被你冲了，可是要我早死？吓得那婆子告饶。上哪儿去找这么一位宝二爷，对待女孩们除了爱惜，还是爱惜，他把丫头们看得比他自己都尊贵。原著作者对这些女孩子们有着与他相似的情感，区别在于，作者对她们的缺点弱点也看得分明，在叙述中、或假他人之口表达："因文官等一干人或心性高傲，或倚势凌下，或拣衣挑食，或口角锋芒，大概不安分守理者居多。"

晴雯待芳官不错，可也这样说她："不知狂的什么，也不是会两出戏，倒像杀了贼王，擒了反叛来的。"这些学戏的女孩子，受了戏文熏陶，心比天高，内心里往往以戏中人自比，脚下也常踏着几层云。有技艺在身，她们反不像普通女子那样能针凿会做活。戏班遣散后，她们分散在园中使唤，其实每日只在园中游戏，憨睡傻玩，众人对她们也不大责备。一碗热汤送来了，晴雯让芳官学着吹吹，吹好了，尝一口；宝玉的饭食，就是"虾丸鸡皮汤、酒酿清蒸鸭子、胭脂鹅脯、松瓤卷酥"那太精致的一桌，宝玉都觉香甜可口，她还嫌油腻不吃；宝玉的玫瑰露，她可以一而再地要了去送人，做她的人情周转。她原是唱正旦的，可以想见容貌拔尖儿，把她分派到怡红院，是越发宠着她了。

那天芳官到厨房去点宝玉晚饭吃的菜，碰到另一丫头小蝉儿从外面买回一碟热糕，就戏说要尝一块儿。小蝉儿忙说："这是人家的，你们还稀罕这个！"管厨房的柳家媳妇笑说："芳姑娘爱吃，我这里有。"拿了一碟出来，说是才给女儿买的，干干

（《宝玉瞒赃》第71页）

净净没动过的。芳官拿着糕，举到小蝉儿脸上，说：“稀罕吃你那糕，你给我磕头我也不吃”，一块块掰下热糕掷到院子里打麻雀儿，还说：“柳嫂子，你别心疼，我回来买二斤给你。”——任是谁再爱惜这些丫头，叫他来看看芳官这做派，是不是太可恶，小蝉儿被她气怔了，柳家的心里也不会舒服，可是她不会露出，因为她有求于芳官。而芳官为什么会破例对这位中年妇女好，不仅是柳家的善于小意殷勤，“服侍得芳官一干人比别的干娘还好”，俗话说隔锅儿饭香，有她们的众干娘垫底是世上最可恶的妇女，笑容可掬的柳嫂子就分外可亲。

柳家的有个女儿叫五儿，十六岁，“虽是厨役之女，却生的人物与平、袭、晴、紫、鸳同类”——列出来的这五人，都是容貌出色、聪明伶俐的一等丫头，贾宝玉评判女孩儿是按她们本身的资质，作者也是一样。五儿体弱多病，闲在家里，她娘托芳官跟宝玉说情，想把她送进怡红院，那里活轻人多好挣钱，而且听说宝玉将来还要放她们回家的。五儿的心性，依照她的容貌自恃也是要往高处走的，她来找芳官，一路上花遮柳隐地走，到了怡红院外还站在一簇玫瑰花前面等，这么一个女孩儿，进了怡红院能指望她干什么活儿？她自己跟芳官也说得直白，说已经等不及要进来了，进来了即便是请大夫吃药，也省了花家里的钱。柳家母女的这些絮叨，芳官却听得耐烦，还一次两次地找宝玉要贵重的玫瑰露，一趟两趟地送来给五儿吃。芳官是个不经事的小女孩，她就适合跟宝玉这些人在一起玩闹。夜里众人聚集欢宴，没大没小，芳官打扮得另式另样，一圈小辫归总成一根大辫，被众人笑说跟宝玉像是双生的弟兄两个。

芳官如此，其他女孩子呢？宝钗的莺儿，是最有规矩的丫鬟了，她在园里折些柳枝编花篮，被那些看园子的婆子看到，心里很不受用。探春改革，把园子承包给了众婆子，从此园中的花草就归她们管，一根草一朵花都值钱，不许人采。婆子不好说莺儿，宝姑娘面子大不好得罪，且花草各房本有分例，每天依时送，唯独宝钗不要，说要时再要，所以莺儿说，别人摘花不行，就她可以。她们一行女孩子——莺儿、藕官、蕊官、春燕等，个个手里拿些鲜花柳条，婆子说不得莺儿，就说自己的侄女春燕，一时春燕的娘也来了——她也就是芳官的干娘，两个婆子说到一处一起打春燕。莺儿赌了气，花篮不编了，把采来的花柳都掷于河中，把婆子们心疼得念佛。女孩们爱花，堪折直须折，折下来插在瓶里、簪在头上、做些玩意儿，都是为了美，而婆子们看一花一草都是钱，是她们的年终分红。所以贾宝玉有他的理论：未出嫁的女孩儿是无价之宝珠，出嫁后就失去了光彩宝色，再老就不再是珠子，变成鱼眼睛了。听他当面这么讲，那些婆子就笑，说，那凡女儿个个是好的，女人个个是坏的了？话中的意思是，从前俺们也曾是女儿来，以后这些丫头们也会坏掉来。

再看看这些丫头们——大丫头司棋要吃蒸鸡蛋，打发小丫头莲花儿去厨房要。柳家的说眼下鸡蛋少得很，改日吃罢，莲花儿不依，去翻橱柜，说“又不是你下的蛋，怕人吃了”，又嘲讽柳家的平素巴结宝玉屋里的人等等。回去告诉司棋，司棋大怒，即带了人来，喝令动手，让把箱柜里所有菜蔬都扔出去喂狗，大家吃不成。吓！可惜了那一排排收拾好了挂在竹架子上的大鱼，筐子里的蔬菜，陶钵里的鸡蛋，厨房里正在和面或吃饭的妇女，都怕她们，赔笑央告。这些丫头子一通乱摔乱砸，被众人劝走，柳家的再蒸了蛋送来，司棋还全泼了地下。看这一段，感想是这些丫头们，等她们将来成了嫂子婆子，只怕比她们的干娘还可恶。她们只是丫头，可是一个个牙尖嘴利不饶人，想干什么干什么，也令人称奇。如此恣意张扬、骄矜傲然的生命，是什么样的环境、什么人培育出来的？

这些丫头常被人不轻不重地称作“小蹄子”，有时是昵称，有时是骂。乱花渐欲迷人眼，浅草才能没马蹄。时下春早，草木尚未真正茂盛，事物的本质尚未充分暴露。单看豆蔻之初，年华可贵，不免失之偏颇。

这群女孩子，她们仿佛就该只做这样一些事情：蔷薇花架下，龄官蹲在那里悄悄流泪，一边拿根簪子在地上画一个又一个“蔷”字；山石背后，藕官在烧纸，给曾与她在戏中扮两口儿、你恩我爱的药官；下大雨了，大家把沟堵住，让水积在院内，把些绿头鸭、花鸂鶒、彩鸳鸯捉的捉，赶的赶，缝了翅膀，放在院里玩耍……

即使她们天天过这样的日子不被打扰，也总有青春渐逝走进中年的一天。

2017 年 12 月 23 日—31 日

乱花渐欲迷人眼

《宝玉瞒赃》和《鸳鸯抗婚》的绘者都是汪继声、汪溪，但《瞒赃》画得更出挑，整本书给人俏丽甜美的感觉。虽然鸳鸯的模样也是俏丽甜美的，她跟平儿、袭人在花木繁茂的园子里说话也是彼此搂肩搭臂，但受情节和人物性格所限，甜俏的是《瞒赃》，芳官蕊官春燕莺儿那帮小丫头，在那册书里得大自在，似花花草草由人恋。

《二进荣国府》和《抄检大观园》，绘者都是冯振梁、赵延平，这两册的水准不相伯仲，构成一个整体与上述两册形成对照。这两册里突出的是中老年妇女们——刘姥姥、贾母、邢夫人、王夫人、周瑞家的、王善保家的、尤氏等，那些姑娘和丫头们尽管在场，却大多是配角，只除了探春出戏、晴雯亮烈、司棋隐忍待发；当家媳妇王熙凤也是醒目的，她是方方面面的中介与转圜，她虽年轻，心理上却应划归到中年这一路。

抄检大观园是在初秋。故事的开场，是晚上，赵姨娘房里的丫头来给宝玉报信，说赵姨娘在老爷面前嘀咕，要他提防。第一幅图按惯例总是取中景，丫头手里提个灯笼往院里走，院外的柳树枝叶丰茂，给风吹得影影绰绰，夏天刚刚过完，天儿

（《抄检大观园》第1页）

开始凉了。丰茂的树，在晚间显得神秘，上夜的说“风摇树枝儿，怕是错认了人”。

略翻几页，我发现两位画家对于繁复的喜好。树叶是繁复的，屋瓦是繁复的，窗格是繁复的，帘幔的花样是繁复的。我就是喜欢繁复。当一笔一笔的线条在纸上勾勒出繁丽的局部，我的感觉来了，内心里尚未成形的东西随着线条的铺展渐渐清晰。我画画从细节开始，先有细节再有全局，细部精美常使我跃跃欲试。

譬如这里，宝玉的房，四扇屏风上有四幅画，隔扇上有构成格子图案的棂条，格子中间还嵌着小画，地砖上也有图案，很规则。这么多图案还加上人物，不嫌杂乱么？这样的处理的确很少见，但还真不乱。按原著，宝玉屋里的陈设的确繁复："四面墙壁玲珑剔透，琴剑瓶炉皆贴在墙上，锦笼纱罩，金彩珠光，连地下踩的砖，皆是碧绿凿花"，还要加上"葱绿撒花软帘"。我再往后看，发现这两册画书里仅窗格与地砖的图案就有好多种，几乎没有重复的。

邢夫人到迎春房里来了。本有事要来说，在园子里又碰到傻大姐拾到个绣春囊笑嘻嘻拿给她看，邢夫人连忙塞在衣袖里，仍往迎春处来，数落她一顿："……你是大老爷跟前的人养的，探丫头是二老爷跟前的人养的，你娘比赵姨娘强十分，你怎么反不及她一点？……"不知是不是绣春囊扰了她心神，她话说得不长，说完就起身，撂下这句话收尾："倒是我无儿无女的一生干净，也不能惹人笑话！"邢夫人是贾赦的后妻，迎春称她为母亲，这位温柔沉默的懦小姐，在画中穿得极之简素，衣服没有什么式样，或许有颜色，也是浅淡。她低头抚弄衣带，对母亲责备她的乳母吃酒赌钱之类的事，或答以"没法儿"，或是不作声。迎春的诨名叫"二木头"，佣人们在外公然这么讲，说她针戳了都不知哎哟一声。所以，看她房里的地砖——一个一个的方块，深色；方块的内部切出一个一个的大圆，浅色，整整齐齐，木头木脑，真配迎春呐。她的窗格图案倒是很别致，十字形、云朵状，分布在四个格子的边缘，每四个格子拼在一起构成一朵，迎春就在这格子的背景下听邢夫人教训。邢夫人走后，迎春乳母的儿媳来了，她乳母因赌钱，拿

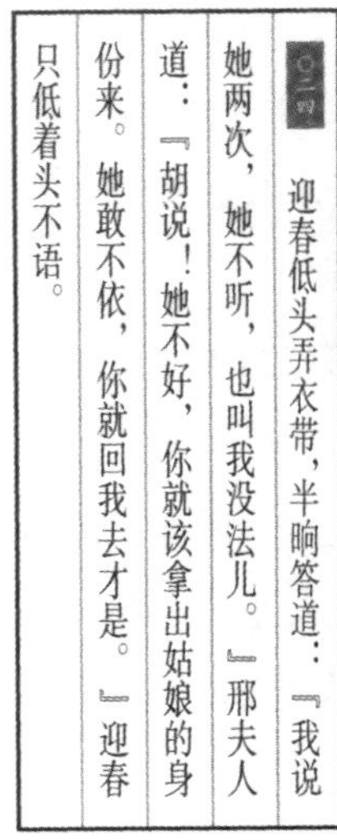

（《抄检大观园》第24页）

了迎春的攒珠累金凤去当了作赌本，现贾母动怒要查赌，她儿媳来求迎春帮忙讨情，而那支累金凤呢，她说是要赎，又说她们平时使了不少钱帮姑娘垫补各种开销，迎春要息事宁人，说“罢，罢，我也不要那凤了”，而她的两个丫头司棋和绣桔不依，跟那媳妇吵起来，迎春劝不听，就自己拿了本《太上感应篇》，到那云朵图形的格子窗下坐着看去了：“积德累功，慈心于物……”

邢夫人拿探春比迎春，她是最经常在心里对比这两个姑娘的人——大老爷在老太太面前不得势，轮到下一辈，同样两个庶出的姑娘，这个又比那个差那么远！从图画上看，探春的衣

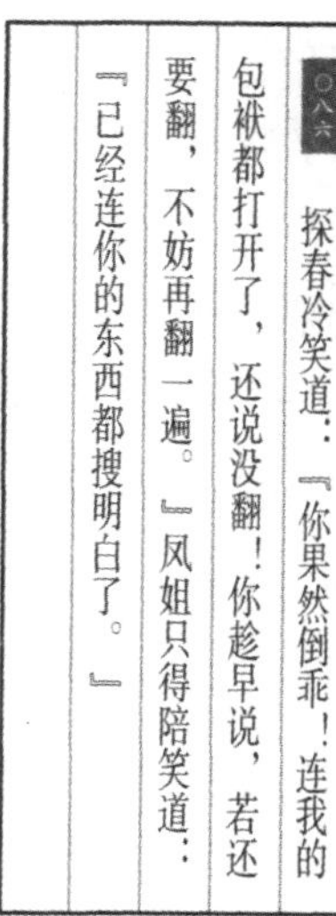

（《抄检大观园》第86页）

着举止、房内陈设都与迎春形成对照。探春内着深色衣衫，外系浅色裙袄，深浅二底色上都绣了花，彼此呼应。通观全书，就数她这一身最出众，宝钗的衣裳是一种温煦的花儿，凤姐的衣裙是一种艳丽的花儿，都给她比下去了。本来探春并不怎么让人喜欢，她亲娘舅死了，她驳斥赵姨娘想多争点丧葬费的那番话：“谁是我舅舅？我舅舅年下才升了九省检点，哪里又跑出一个舅舅来？……”颇难听，我不认为这段照章办事的严词树立起了探春的正面形象，但抄检大观园这段是的。抄检大观园，园子里从宝玉到各个姑娘，个个毫无言语，唯独三姑娘的一番陈词痛切深重，切中肯綮，她赏给王善保家的那记响亮的耳光，王蒙赞之为“金声玉振”，贾府的姑娘，动手打人的情况绝无仅有，探春当时的反应快且准确，毫不犹疑、绝无追悔、斩钉截铁，这一掌真是打出了三姑娘的风度。

探春房中的地砖也显得灵秀：方块中切出双线圆，圆心是一朵四瓣小花。探春的房间布置，原著描述得十分详尽：“探春素喜阔朗，三间屋子并不曾隔断”，还特别写到她卧榻上悬着“葱绿双绣花卉草虫的纱帐”——前一句确像探春，而那顶纱帐，我觉得应该给年龄尚小、又会画画的惜春才合适。在画中，我们看见一扇阔大的屏风，窗前炕桌上一个大笔筒，确是“插的笔如森林一般”。探春衣装整齐，命丫头秉烛开门而待。凤姐一行人来了，探春问：“何事？”凤姐笑着解释，说因丢了一件东西，怕人赖这些女孩子，所以搜一搜，去疑儿，倒是洗净她们的好法子……探春说，既如此，那就搜我的箱柜，她们偷来的全都交给我藏着呢。要搜，搜我，想搜我的丫头，那可不能！命人把她的箱子一齐打开，还有镜奁、妆盒、衾袱、衣包，全部打开，请凤姐抄阅。凤姐忙赔笑，命她的丫鬟们赶快去关上，平儿丰儿忙替探春的丫头们关的关，收的收。探春就在这时说了那番话：“你们别急，抄的日子有呢！咱们这样大族人家，必须先从家里自杀自灭起来，才能一败涂地……”并落下泪来。

周瑞家的打圆场，说她们要往别处去了，让姑娘好安寝。凤姐起身告辞，探春说，可细细搜明白了！若明日再来我可不依了。在连凤姐在内的一众妇女都赔笑唯喏的当儿，王善保家

（《抄检大观园》第58页）

的却排众而出。

王善保家的是个标准中年妇女，具备人们贬议中年妇女时会罗列的典型特征，看：团头大脸，发福的腰身仍用衣带束紧，穿戴还甚是齐整，显示出规矩、身份和经济实力。一脸不屑，一手翘着兰花指比画另一手配合，她对晴雯那种妖妖娆娆不成体统的女孩子真是看不入眼。王善保家的是邢夫人的陪房兼心腹。邢夫人与她的儿媳凤姐不睦。凤姐是王夫人的内侄女，跟王夫人一路，实权管家。王夫人是贾府得势的太太，邢夫人是不得势的太太。大观园里居然会捡到伤风败俗的绣春囊，偏是邢夫人第一个截获，她叫人封了去送给王夫人看，把王夫人气个半死，跑来责问凤姐，劈头说是她的。凤姐无端受夹攻，窘急委屈，好不容易分辩明白，就按王夫人的主意访查。集合来几个陪房妇女问话，王善保家的加倍挑唆，于是又按她的主意，变访查为抄检。王善保家的就成了抄检的重要负责人，王夫人以此给了邢夫人面子和答复，同时给凤姐以掣肘。在凤姐一行即将离开场面最棘手的探春这里的时候，王善保家的又站了出来。她觉得自己是个很有面子的人，更要当众证明这一点。她越众向前，拉起探春的衣襟，故意一掀："连姑娘的身上我都翻了，果然没有什么——"一语未了，她的老脸上早着了一巴掌。

凤姐连忙帮探春理裙整袂，出言抚慰，一边既呵斥王善保家的，又替她找个台阶说她吃酒疯癫了。凤姐是个很知道自己在做什么的人。抄检大观园，本来不是她的主意，可是王夫人分派她来干这招骂的差使，且安排了王善保家的押着队伍，王善保家的背后，又是凤姐的婆婆，看她不顺眼的邢夫人。到哪个姑娘屋子里搜查都得罪人，碰到探春就更难讲话。探春这一巴掌打在王家的脸上，凤姐心里只怕在叫好。在宝玉屋里，晴雯抢白王善保家的话也是锋利尖酸，凤姐心里暗喜；在迎春房里，王家的又出了个大丑，凤姐忍不住当场就笑了出来。

迎春房里的司棋，是王善保家的外孙女儿。王家的一心要拿别人的错儿，在宝玉屋里、黛玉屋里、惜春屋里都细细搜拣，翻到可疑的东西都当个宝似的捧给凤姐验视，现在凤姐不动声色，看她怎么搜司棋的箱子。她只随意掏了一回，就说没有什么，打算关箱，而旁边周瑞家的伸手拦住了她。王善保家的讨人嫌，与她平级的周瑞家的不唯讨嫌她，更深明凤姐之意。凤姐不便去拗王家的，周家的去拗她就正合适。周瑞家的伸手一掏就从司棋箱子里掏出她们这一夜搜检最大的成果——一双男子的绵袜，一双缎鞋，一个同心如意，还有一张字帖。周瑞家的把东西拿给凤姐看，凤姐展开字帖看了，不禁笑起来。王善保家的心内不安，又不明白，凤姐说："我念给你听。"当众念了一遍，大家听了都咋舌摇头——是一封情书。读出来，效果不亚于公开展示不着一字、一丝不挂的绣春囊。王善保家的恨无地缝可钻。

这一节令人心大快，王善保家的这种人，搬石头砸自己脚的最该是她。随即司棋被逐，这事由周瑞家的去办。撵人走，周瑞家的话自然说得不好听，但也不算刻薄，在迎春面前还得把话说软和些。司棋求迎春，不成；出了院门，绣桔赶出来送迎春给她的东西，两个哭起来，周家的不耐烦；司棋求这些婶子大娘让她去相好的姊妹跟前辞一辞，她们哪里肯；后门边又碰到宝玉，他自然有许多话要问，司棋也拉着他哀求，周家的终于发了躁。她们一行妇女都有正事要做，派来撵人是不得已，耽误不起工夫。当下几个妇女就拉着司棋出去了。

宝玉说女人一嫁了汉子就混账起来，比男人更可杀的议论就是这时候发的，婆子们听了好笑，答了一句，留了一句不说。曹雪芹写女孩子，也写中老年妇女，并不一味厚此薄彼。

刘姥姥头一次进贾府打秋风是通过周瑞家的。周瑞家的本来差点不认得她了，多年不见的穷相识登门来求办不好开口的事，她应付得很妥当，一来表示没忘了多年前刘姥姥的亲家给她家帮的忙，还了个人情，二来也显摆她在贾府的体面，这本是她们做人的重要方面。周瑞家的人不坏，她自己也说“与人方便，自己方便”，她引刘姥姥去见凤姐，凤姐随手接济了一笔，结下了将来的缘分。

刘姥姥游大观园，众人把她打扮起来，一盘菊花给她横三竖四地插了一头。不是一味取笑她，这盘花的确是送来给人戴的，贾母就拣了一朵大红的簪于鬓上。中老年妇女，的确是偏爱鲜艳的颜色，她们的内心并非缟素，也许是乱花一片。刘姥姥乐而忘形，她酒醉撞进宝玉房中，迎面看见一个老婆子戴了满头花，她就笑着指她：“你！”

2018 年 3 月 17—22 日

倦绣佳人幽梦长

女人家总在做针线。《红楼梦》里的女人们经常在做针线。

第七回，周瑞家的来薛姨妈处，进里间只见薛宝钗家常打扮，头上只挽着髻儿，伏在小炕桌上和丫鬟莺儿描花样子。主仆一同做女红，这是宝钗的日常，第八回宝玉来，掀帘依然看见宝钗坐在炕上做针线。自从父亲去世，聪慧颖悟的她便把读书习字搁在了一边，而着意留心于“针黹家计”，为母亲分忧解劳。我不太明白，宝钗是把它作为女儿家必修的“妇功”——女子四行之一，还是真的作为家计在忙碌。“珍珠如土金如铁”的薛家，尽管境况不如前了，难道真得靠宝钗做针黹维持家用？宝钗住进贾府，每日与姊妹们看书下棋，或做针黹。在天气转凉，夜复见长的秋冬季节，她把针线活计认真地与母亲商议筹算，打点了丝线布匹，白天各处省候不得闲，夜间灯下总要做到三更方寝。如此辛劳，她做的都是些什么，给谁做的？

从探春那里，能找到部分的答案。探春等人是无须操持家计的，她们做的是作为德行或艺术的女红。女红当然也有实用性，探春曾给宝玉做鞋，鞋是什么样子没有直接描写，但贾政对此有评议：“何苦来！虚耗人力，作践绫罗，做这样的东西。”这还是宝玉假推是舅母给的，他不好说什么但仍发此语。想必探春做的这双鞋过于别出心裁了，作为她审美理想的实践，送给与她品位相似的哥哥，让贾政这正统人一看就不受用，觉得毫不务实，靡费浮浪。这双鞋还惹得赵姨娘气到不行，抱怨不停：“正经亲兄弟，鞋搭拉袜搭拉的没人看见，且做这些东西！”那必定是一双非同寻常、形而上的鞋。探春驳斥道：“这话糊涂到什么田地！怎么我是该做鞋的人么？环儿难道没有分例的，没有人的？一般的衣裳是衣裳，鞋袜是鞋袜，丫头老婆一屋子，怎么抱怨这些话？给谁听呢！我不过闲着没事做一双半双，爱给那个哥哥兄弟，随我的心，谁敢管我不成？”可见，贾府中人的衣服鞋子都有配额，或买，或由丫头婆子们做，小姐们做的是爱好，不顶真的使。探春说的是一般道理，宝钗的想法或许不同，她做衣服就是给母亲兄弟姊妹们穿上身的，宝姑娘是个脚踏实地、可依靠的人。

第三十六回，夏日的午后，宝钗走来怡红院，院中鸦雀无声，丫头们横三竖四地在睡午觉，连仙鹤都卧眠于芭蕉下。宝钗顺着游廊来到宝玉房里，看宝玉在床上睡着了，袭人坐在旁边做针线——一个白绫红里的兜肚，扎着鸳鸯戏莲的花样。宝钗说：“哎哟，好鲜亮活计！这是谁的，也值得费这么大工夫？”袭人向床上努嘴儿，他们的宝贝二爷，这么大了还带着这个睡觉，怕夜里盖得不严凉了肚。袭人做活计久了脖子酸，要出去走走，让宝姑娘坐坐。宝钗顺势在袭人坐的地方坐下来，拿起那活计，看着实在可爱，不由得抽出针来接着刺下去。这

袭人去后，宝钗只顾看那袭人绣的鞋片，便在床沿坐下，又顺手拿起针来，替她绣了几瓣花儿。正在静悄悄的当儿，忽然宝玉一翻身，嘴里说起胡话来。（《拷打宝玉》第67页）

场景，她也是入神了，局外人看了是什么情景——外面偏偏来了黛玉和湘云，黛玉隔窗一看，连忙把身子一藏，手握着嘴不敢笑，招手叫湘云来看。湘云正待要笑，忽想起宝钗素日待她的厚道，忙掩了口，把黛玉拉走了。宝钗在屋内，竟是惘然不觉，她专注地做了两三个花瓣，忽听见宝玉在梦中喊骂："什么是金玉姻缘，我偏说是木石姻缘！"一部《红楼梦》真是绵针密线，每一章回都有这么多细密的线，最应该的人出现在最应该的地方，最幽深的心思浮现于最细微的日常。宝钗听得怔说晴雯平时“横针不拈，竖线不动”，不肯听她使唤，怎么她不在几天，晴雯病得七死八活连命都不顾地做出了这个。晴雯平时岂是不做？大约只是要跟袭人别扭。宝玉身上穿的松花绫子夹袄底下血点般的大红裤子，就是她的针线，他们后来说起的时候，晴雯已不在了。

园中女流，凤姐可能是没工夫拿针线的。袭人偶尔看见她炕沿上一个活计簸箩儿，问了一声，凤姐说她是不会做什么，碰巧得了块花红柳绿的锦，让平儿给巧姐做件小兜肚。针线活计常关私密，不知从哪儿跑出来的破落子弟贾瑞，登堂入室说着没深浅的话，还凑近来觑着眼要看凤姐随身带的荷包，他真是蹭到个台阶就想登天呢。邢夫人捡到的绣春囊，王夫人疑心是凤姐的，她实在太错怪了她的亲侄女，凤姐哪得工夫绣这个，又是这样下作的东西。凤姐有空儿，就是算账记账，包括各色布匹：“大红妆缎四十匹，蟒缎四十匹，上用纱各色一百匹……”各处取东西供应，也曾替王夫人找样子——王夫人也有针线要做，德容言功她是符合的。赵姨娘的活计则是纳鞋底——炕上堆着零碎绸缎湾角，马道婆来找她时，她正在粘鞋。马道婆找她讨几块缎子做鞋面，赵姨娘说你瞧瞧这里头，可有哪一块是成样的？成了样的东西也不能够到我手里来！碎布头里也有阶层压迫，赵姨娘跟马道婆，一个粘鞋底一个做鞋面，正好说得着。

有大把的闲工夫而不耐烦做女红的，是林黛玉。袭人专门说过这事：“她可不做呢。饶这么着，老太太还怕他劳碌着了，大夫又说好生静养才好，谁还烦她做？旧年好一年的工夫，做了个香袋儿；今年半年，还没见拿针线呢。”林姑娘要做，也顶多做个香袋儿、荷包之类的玩意儿，一时烦了，还要拿剪子来铰——她给宝玉做的香囊被她铰了，湘云给宝玉做的扇套也被她铰了。难得第二十八回，她竟然在大张旗鼓地做裁剪：地上一个丫头吹熨斗，炕上两个丫头打粉线，林黛玉弯腰拿着剪子在裁什么。她在做什么呢？惹得宝玉来探问，她不理，姊妹们也都来看，宝钗笑着说：“妹妹越发能干了，连裁剪都会了。”这是反话正说，意思是林姑娘做裁剪真是件稀罕事。

第二十四回，香菱来给黛玉送茶叶，两个坐着说了会子话。“林黛玉和香菱坐了。况他们有甚正事谈讲，不过说些这一个绣的好，那一个刺的精，又下一回棋，看两句书，香菱便走了，不在话下。”此时她们还没找到共同爱好的话题，闲话几句，甚是无聊。香菱搬进园里来住要学作诗，是在第四十八回了，宝钗不肯教她，偏是黛玉以极大的热情主动给她做老师，于是兴头头的香菱，三天两头儿地跑来找黛玉，借书、还书、问诗、谈诗，两个痴丫头，痴到一处去了。在诗与女红之间，黛玉是如此倾心于前者而对后者全无兴致。宝钗劝她：“诗也算不得什么，还是纺绩针黹是你我的本等”，她听不进。她的情思全部寄托在诗上，心血凝就、咳珠唾玉，诗与爱情耗尽了她的生命。诗是消耗性的东西，而女红，是消遣性的东西，其中乐趣，她一直无暇去知道。

林姑娘的日子真是长，每日家情思睡昏昏。看两篇书，自

小引

1983年，高云先生的《罗伦赶考》在《连环画报》刊出时，我年纪尚小，几次三番对着那幅“梳妆图”临摹，我小时候画画很出色。三十多年后的今天，风云流转，我应上海人民美术出版社之邀，为《罗伦赶考》写一篇文章来与它一起出版。幸莫大焉，而难度也与之相等。

评说此作的方家文字已经车载斗量，高云自己也写有一言九鼎的创作谈。我研读了他们的论述，但依然立足于我自己的文章作法，一是读取画内之意，二是体察画外之心，并力求优美的表达。《罗伦赶考》一共十二幅图，每一幅，我写一段，各有重心；连缀起来，通篇也有起承转合。文随画走，有时写至通透，有时点到即止，标准是对画意做出恰当的读解，又避免说得太多太满。全文五千字，我用了水磨工夫，缓慢着笔，逐日渐进，每一天，都比前一天更接近周全、严谨、妥帖、圆融，直到我认为不必再改动。

在作文之外，我还想找一个盛纳图画的形式，使这个新版图册有别出心裁之处。这一组连环画给我的感觉，与宋词的意境非常接近，那么，一幅画，配一句宋词，能不能做到呢？我到宋词里去找。我找到的词句是有限的，此外一定有更加贴切工巧者，我希望读者能由此展开无尽的遐思。

长安古道马迟迟
——柳永《少年游》

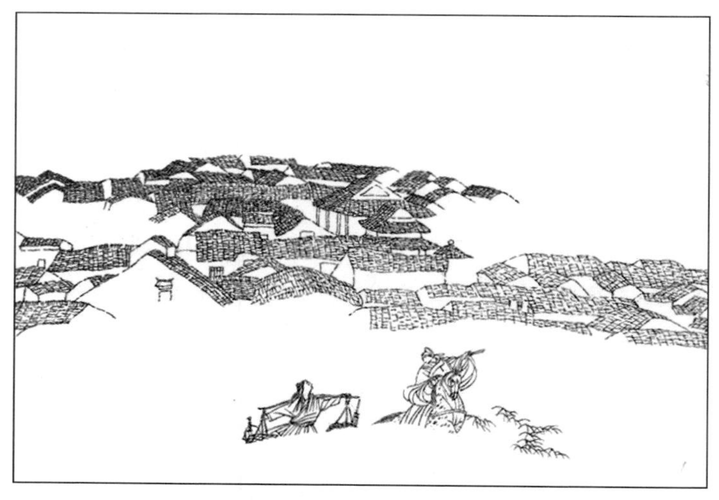

明朝年间，书生罗伦，携仆人进京赴试。

《罗伦赶考》十二幅，此为起笔。画的起笔，也是故事主人公的出发点。书生罗伦，携仆僮进京赴试。京城路遥，人生漫长。起笔有万千的准备，却不能表达太多，所以这幅图中有大片的留白，在画面的上方和下方，各三分之一。横贯于中部的，是密密匝匝的屋舍，屋舍都只露出它们的顶，屋顶均由密实的瓦所覆盖，由此，画家蕴蓄着力量的线条，就集中于对屋顶瓦片的勾勒。勾勒出的屋舍也是局部，省略未完的部分继续在空白中延伸，引人想象。人物出场在画面的下方，是远景，书生与小僮，一骑马，一挑担，书生以扇指路向前，他的扇子与小僮的担子，角度微妙地平行着，使得主仆同心一体，而主人马前的一丛树叶，是压住他俩身姿造型的韵脚，缺之不可。

中国画的构图中，物象的布局不代表物体的真实位置和间架，空间不取其物理意义。构图反映人的心灵对万象的把握，物我浑融，纳于一图。画面中的空白，是必须的，空是物的补充，唯有留出空白，才能抵达无限。空白融入了万物的内部，参与了万象的动态。留白，使得画幅中虚实相生，明暗交融，构成飘渺浮动的氤氲气韵。

杨柳风轻，展尽黄金缕
——晏殊《蝶恋花》

书生手中的折扇一展，这第二幅画也随之展开了。画里是春天。文字脚本并没有说这是春天，而这个叫罗伦的青年公子，他的亮相应该在春天。他的外貌正如戏台上的小生，神采飘逸，举止倜傥。他为春色所吸引，情不自禁下了马。春色怎样画？它是没有止境的，人很容易被它带走，忘了自己本来是想干什么。画家只画了三样：柳枝、花朵、小草，略为点缀，就春意

他们路经山东时，仆人捡到一只金镯，便悄悄地揣入怀中。

满纸。

春风很软，杨柳拂过低垂的马头。垂髫的小僮看见了地上的一只金镯。他的主人没有看到，他正沉醉于眼前的姹紫嫣红开遍。“袅晴丝，摇漾春如线”，戏文里的唱词，果然辞藻警人，好一个“春如线”！中国画的精髓，是线，画家手中掌握着线，用线绘写春天。观其一线，知其全图；以一当十，计白当黑；墨中无色，墨即是色。

洒空阶，夜阑未休
——周邦彦《琐窗寒》

过了五六日，罗伦在店中盘点行资，双眉紧皱。仆人问他为何忧虑，罗伦说：“到达京城，尚需时日，恐路费不够了。”

完整的床板架构成画面背景，这是客栈。有脸盆架，有靠背椅，有大圆桌伴着小圆凳。琴与剑束之于墙；挑灯夜读，书卷还未看完。书生褪去了头巾，手中握一柄芭蕉扇——此时，折扇是不适宜的——可能是算盘珠拨弄出的结果使他焦躁，他双眉微蹙，兴许有汗。相比于书卷的清凉，俗务的算计使他不耐。舒缓的是小僮，他正将床边的帐幔拢起——舞台场景中配角人物的合适动作——一边漫不经心地看主人算账。“怎么了？”他算得个贴心的僮儿；“……恐盘费不够了。”主人也坦白地对他。

一点浩然气，千里快哉风

——苏轼《水调歌头》

背景都省略，这一幅把左边一半都空出来，以突出罗伦的身段。他仿佛是刚刚一个急转身，襟袍的下摆还带有动势，向外发散，袍袖也舒张，表达着一个态度。这一个漂亮的身段，画家是怎样想来的？是从戏曲里吗？——人物的动作以美感为追求，并以最佳角度在舞台呈现。姿态最美的一瞬间，的确给画家找到了，我们同时还看到书生罗伦的面庞，是那样秀逸夺人。他一指轻点，应是在说一些道理，另一手握剑，表明其意已决，他要不计代价地折返。他们在收拾行装了，尽管小僮还在听着主人的说服，一大摞书籍已经被他胳膊抱着、下颌夹着收进箱奁。言必信，行必果，言出必行。在这幅图里，姿态美是第一位的，而画家用线的极佳发挥，在于小僮的垂发——真是精纯匀滑，流利畅达，线描的真功夫就在这毫发之间展露无遗。

有年纪的方家说：线描不是一朝一夕就能画得好的，需要相当数量的磨炼。所以年轻人想画好线，非常困难。而画出《罗

仆人得意地说："相公不必忧虑，我在山东捡到一只金镯，把它卖掉，足足够了。"罗伦勃然大怒，命仆人赶快备马，返回山东。仆人惊慌地说："再回山东，往返多日，岂不误了您的考期？"

伦赶考》的年轻画家高云，他"拥有极为敏锐细腻的线描感应力，将其笔下线条掌控得如此秩序井然而又不失从容悠游，婉转优美却又不失古雅韵致"。高云自己则说：线由情生。线有质量不易，有感情更难。而唯其有情——情思、情韵、情怀，这个简单的拾金不昧的小故事，才被他表达得曲折委婉，一幅幅画面充溢着江南丝竹的秀气，与扣人心弦的灵气。倘若换一个人来画，这个故事真没多少可画的，是高云的画笔充盈了这个故事，画得处处可圈可点："天生云锦自在我，裁剪妙处非刀尺。"

中国传统的绘画艺术很早就采用虚实相结合的手法，删略背景的刻画，在一片空虚的背景上突出而集中地表现人物的行动姿态，如东晋顾恺之《女史箴图》、唐阎立本《步辇图》、宋李公麟《免胄图》等，皆用此法。这与中国传统的舞台艺术颇有相通之处。戏曲舞台上，演员手持一根马鞭，即表示扬鞭策马，马虽无形，而演员借此展示了身段动作的真与美。

似楚江暝宿，风灯零乱，少年羁旅

——周邦彦《琐窗寒》

线的力量继续伸展。纯粹的线描语汇，钉头鼠尾描，铁线游丝描。曹衣出水，吴带当风。罗伦身后的长斗篷，飘拂的衣纹里带有风，足下的袍裾则如行云流水。这些充满语言的线条里，有任伯年，有陈老莲，有李公麟甚至顾恺之，有中国两千多年的民族绘画传统。罗伦牵着马，小僮挑着担，主、仆、马三者保持着平行向前的态势，向左倾侧，小僮因为背对主人，他的身姿故尔后仰，被他挑着的箱奁也因惯性而倾斜，达成他们的动感中的统一节奏。花斑马的长尾，飒爽洒脱，描画它的线条再次游刃有余，笔笔精到，增之一分则长，减之一分则短，马尾边缘的弧线也恰好符合我们心理中的美感期待。

他们是连夜起行的，从马厩里牵出马来，马厩里还点着一

罗伦压下怒火，耐心地对仆人说：“丢失贵重物品的人，总是焦急万分，甚至会出人命，非同小可，宁肯误考，也要送还。”

盏风灯。这盏深夜里的灯，想必画家高云很熟悉。十七八岁，他在农村插队的时候，每天凌晨四点起床，点起一盏油灯照亮画板，对着一本《业余大学绘画教材》自学绘画。那盏灯还记得他，跟着他到这幅画里来了。

夜寂静，寒声碎

——范仲淹《御街行》

走上大道，上马疾行。一道逶迤的石板桥，主仆二人正一前一后通过桥上的石牌门。这座石牌门必须在这里。试想将它

仆人又羞又愧，二话没说，备好马匹，和罗伦急急忙忙返回山东。

拿掉，画面的远景与近景就断开了，视觉上缺少一个连接，心理上也缺少一个驿站。斜月如钩，夜深人静，因为静，这幅画里就有了声响，疾驰的马蹄踏过青石板，其声铿然。远处的村庄在沉睡，村庄延续了第一幅的屋舍的画法，遥相呼应，碣石潇湘无限路。

浓睡觉来莺乱语

——晏殊《蝶恋花》

这一爿四扇屏风，在构图中起着重要作用。它是一个大面

果然不出罗伦所料，原来一家主妇洗脸时，将金镯落入盆中。侍女不知，连水带镯一起泼掉。

积的隔断，隔开了少妇与侍女，使她俩各据一方，在这一刻，她俩分别做着各自的事情，而隐秘的线索将她俩关联在一起。少妇端坐镜前，正在梳妆，往绾结如云的发髻上插一支簪子。她是背对我们的，我们只见她衣香鬓影，身姿婀娜，左手腕上戴一只镯子而右手腕上无，既点明了“镯子已失”的事实，又刚好符合不对称的美。在屏风的外侧，侍女正掀帘而入，脸盆夹在腋下，盆已空，镯子泼掉了而她不知。

这幅梳妆图，是《罗伦赶考》中最为脍炙人口的一幅。这幅画，妙的不仅是巧妙交代情节，更是它传达出的深闺美丽气息：屏风上的出水荷花、圆窗外的杨柳芭蕉。竹帘密细，脸盆的形状是个椭圆，还带着荷叶边——女子的心事，婉约到无以复加。妆台的抽屉拉出了一半，少妇正在梳妆。竹躺椅上盘踞一只白猫、丢一柄团扇。慵懒闲逸，满室生春，让人艳羡这房间的主人。这不露面目的丽人，她衣衫的线条如此柔婉、精细、繁复，我们以为她的生活一定把她呵护得无微不至、毫发无伤。

这隔断并关联两个人物的四扇屏风，似曾相识，我们在陈洪绶的《西厢记·窥简》里见过：崔莺莺立在屏风前，专心看一纸书信，那是张生写的，红娘带回来暗暗放在妆盒里等她发现的。“晚妆残，乌云亸，轻匀了粉脸，乱挽起云鬟。将简帖儿拈，把妆盒儿按，开拆封皮孜孜看，颠来倒去不害心烦。”——小姐芳心暗动，丫头躲在屏风后看她作何反应，偏生小姐端庄，声色不露，反倒发怒责问丫头。陈洪绶在“经营位置、传移模写”方面的用心，这四扇屏风即是佳例，引得后人揣摩习学。高云画《罗伦赶考》，这幅梳妆图用了一次，其后的《长生殿》又用了一次：长条屏风前的杨玉环，“贴了翠钿，注了红脂，着意再描双蛾。支持杨柳腰身，添上樱桃花朵”。她这般妆扮，是要给谁看？那人，就站在屏风后，正在窥看她，那是天子皇上，嘱人低声，他要看她。这幅“窥美”与《窥简》更加异曲同工，隔着屏风的两个人一松弛一紧张，状态也正相似。

恰到如今，天长漏永，无端自家疏隔

——柳永《浪淘沙慢》

等她回过身来，情形就变了。生活是经不起翻过来看它的背面。这一幅图分作两幅，这边，她在拷打侍女；那边，她被丈夫辱骂。她同时出现在两个场景中，要责罚人又要被责罚，可知人难做。

她高高举起家法，侍儿在下跪哀求。回想上一幅，泼了水夹着空盆回房的侍女，脸上的神情空茫，是一种忙于做事无所思虑的状态，或是事情忙完了思绪飘散的状态——一个小侍女，也有属于她自家的小心事，在忙碌的间隙里游过她的心口。她的确没看见金镯，我们从她的神情就知道。可是，谁相信她？只有天可怜见。拷打侍女的少妇，我们这回看清了她的面容，原来她并不像她的背影那么美丽，我们几乎不相信她就是那个她呢。我们也看见了她的丈夫的面目，原来是如此凶暴的一个人，为了一只丢失的金镯，他连棍子都举起来了。尽管被人扯劝，他狠毒的言语已将他的妻子伤透。翻箱倒柜，鸡犬不宁，孩子吓得哭了，被老人搂在怀中，四邻都上门来劝解。虽然是在自己的家中，人却没有了立足点。

主妇发觉后，怀疑金镯被侍女偷去，百般拷打，逼她招承。
主妇的丈夫得知此事，又怀疑妻子有外遇，定将金镯送与情夫，整日辱骂不休。

自春来、惨绿愁红，芳心是事可可
——柳永《定风波》

小侍女蒙冤，被主妇说她偷了东西；主妇蒙冤，被丈夫说她偷的是人；这两样冤屈都狠，正中她们的致命处。古代的女子，走不出家，无路可走。而被逼着走上的绝路，总有人把他们扯回来：世间再苦，也要在这世上挨！

画面非常拥挤，男男女女老老少少，忙乱一团。背景也满，一长排木门关上了，中间的一扇也正待要关。木门的纹理整齐、连续，密不通风。香炉里的香点起来了，袅袅的烟雾冲开憋闷

侍女和主妇有口难辩，二人各怀冤屈之情，正欲悬梁自尽，多亏发现得早，才救得两条性命。

的空气，昏迷的少妇或可醒来。药也配好放上小火炉了，炉前打扇，急急快煎。才在安顿她，两个仆从又架着刚救下的侍女进来了——家中的小丫头，也是一条命哩，一波未平一波又起。

无可奈何花落去，似曾相识燕归来

——晏殊《浣溪沙》

纷纷攘攘无可开解之时，罗伦主仆赶到了。原来事情真有可能如罗伦猜测的那样坏，他甘冒误考的风险，也要送还这只金镯，证明他是对的。此事才真正地惊动了四邻，门里门外，

这家人正闹得纷纷扰扰，罗伦主仆闻讯赶到，送还金镯。失主全家向罗伦主仆千恩万谢。

都是赶来看这桩奇事的人，他们看见这风尘仆仆的少年，洒脱的披风，恳切的眼神。他郑重地将金镯交还给它的主人，主人的神情，是愕然了，也许还惭愧了……金镯本是富贵生活的装饰，它究竟有多大用处不知道，反倒是有可能使得家庭破碎。

他们应是请教了少年的姓名，将来才有“状元还镯”的佳话流传。当时，他们只知道这个少年是去赴考，为了归还这只金镯还有可能误他前程。在他走后的数月或数年，消息传来，他们才益发地感叹，感念这位状元郎。他中了状元，真是世间最完满的事！

明代的科举，有着“德行为本，文艺次之”的择人方针。状元都很注重道德修养，而身为状元，必得博古通今，文才优异。相对于应试的八股文而言，状元的策文更受重视。金殿对策是一种荣耀，状元策是状元一生中最重要、最引人注目的华彩篇章。成化二年（1466 年）殿试时，状元罗伦的试卷长达三十幅，大学士李贤在读卷时跪得太久，竟然站不起来了。按惯例，状元对策必经删润之后才刻印颁行天下，唯有罗伦的策论一字未改，成为明代状元中最著名的殿试策。由此可见罗伦的心思缜密，从早年他对一只金镯的处理态度上，即露端倪。

绿杨芳草长亭路，年少抛人容易去

——晏殊《木兰花》

这末一幅图与第一幅形成对倒：屋舍沉到了画面下端，几道概略的横纹线穿过画面中部，少年书生与小僮的背影则在上方的空白处，渐行渐远。第一幅是他们“来”，最后一幅是他们“去”，首尾呼应，故事完整，书生继续踏上他赶考的路途。

画《罗伦赶考》的时候，那个叫高云的年轻人才二十六七岁，刚从艺术学院毕业。他学画，是在插队的时节，他十六岁就下放到农村，每天翻地、收割、打河堤，日子望不到头。他想画画，因为他从小就画得很好。白天要劳动，他就凌晨四点起床，画几个小时再去上工，苏北的冬天特别干冷，他的手因此而被冻坏。后来，恢复高考，他是第一批考上大学的人。当年的他，很像赶考的罗伦。在情怀上，他们都正处于“初心”

东风西渐

一间中国的房间

Lilly 图书馆在杜克大学的东校区。我租住的小区在西校区附近，先走上几分钟去搭半小时一趟的 LL 校车到杜克的中心建筑 Chaple 教堂，再转 C1 校车，穿过一片森林，就到了东校区，Lilly 就在前面了。去一趟不算远，但若作为日常功课之地就远了，我看书一般就去西校区的 Perkins 或 Bostock 两个馆。

杜克大学拥有超过 500 万卷的藏书，雄踞全美私立大学前三。想象一下这么多书与书架排成的阵势，那必定是压倒性的："……我穿过文学批评部。我穿过传记文学部。我穿过儿童读物部。我穿过食谱部。我穿过电脑部。我穿过工程科技部。我穿过莎士比亚部。我到了英国文学部，我又到古典文学部，我看见整排的海明威躺在那儿……"你被征服了，无法阅读，放弃写作。

在杜克的十一个图书馆中，Lilly 的馆藏分类是稀见书籍、手稿、哲学、美术、音乐、舞蹈以及影像资料。手稿数量 1700 万，公共文件 120 万，电影录像带数以万计。我进其中一个藏书区看了一圈，密集丰富，排列有序。艺术类书籍不比别类，阅读尤其需要缓慢的节奏和冥想的空间，我抽出几本浏览一

杜克大学图书馆的“Thomas Reading Room”。

下，又放了回去，有点“银成没奈何”似的慨叹：书太多了，从哪本读起？

我走上二楼。这里有一间“Thomas Reading Room”。走进去——啊，这是一间中国的房间。

门窗和主要的桌椅沙发都是西式的，但墙上悬挂的都是中国古画。是哪一位皇帝坐在龙椅上？又是谁家的雅集，文人们在围坐清谈？绣着蟠龙的袍服悬挂在玻璃罩龛里，两双色彩有对比、姿态有呼应的三寸金莲绣花鞋固定在上下两个镜框中。十二扇屏风倚墙而放，旁边摆着中式圆凳，长条几案上方挂了一长幅《八仙图》，另一幅大红底色蓝白花的锦缎纯粹挂在墙上作装饰，它前面的圈椅上立着一个浑天仪蟾蜍模型，迎向它。房间各处因地制宜安放着中国瓷器，书架上全是画册书籍。所有陈设我都说不出名目，如果扬之水女士在这里就最合适了。

这是一间阅览室，有外国学生坐在靠窗的沙发上用手提电脑。我觉得到这个地方来做日常工作太奢侈了，这里像是一个供人参观的场所，中国文物展示地，即使在中国，也难得找到如此阔绰的书房。只要我愿意，我可以把这里当作书房，杜克大学条件优越，地方宽绰，无论哪里的阅览室都是一个人独自占有一片最舒适的区域，我来这里也多半只有我一人在，我可以一册一册地翻阅这里的《中国美术全集》《敦煌石窟艺术》《西域美术》《海外遗珍》等大型画册。可是我不能那么做，自小紧迫成了习惯，每一分钱每一分钟我都要用在最应当的地方。在杜克的每一天，我都被我的时间观念驱使着——在美国访学一年，时间应该全部用来利用这里的资源，在中国也能做的事情，就不必在这里做了；可是有些事回中国后又没时间做了，只好在这里做，占去了很多时间。我总在算计时间怎样利用才是最优，效率怎样达到最大化，怎样一箭双雕、指东打西、举一反三……我无法安心地奢侈地来这个 Thomas Reading Room 慢慢享受。

一楼是借影碟的地方，那一阵国内正在上映《聂隐娘》，这里有碟，我借了一张。出了 Lilly 图书馆，四月的春光正好，我不搭车了，徒步从森林走回去。沿路的绿树呀，都在阳光里，地上的树影，或清晰或虚浮，影影绰绰，美不可言，远处一片较开阔的森林，阳光纵情地泼洒下来，树梢沐浴着金光。我也是，沐浴着金光，但我心里不从容，我想在这里看《聂隐娘》

BBC纪录片《中国的故事》。

没有考取功名。“他曾在一间酒庄供职，睡在马厩里，也曾在一家富裕大户里教私塾，但因与家中女仆传出绯闻而遭到解雇。之后他再也没找到过工作。”这些事实用英语这样造句说出来，换了一种味道，宽袍大袖遮掩着的斯文穷困被赤裸裸地揭开了，现实是如此直白，荒寒窘迫直接传递给了我们：被解雇，找不到工作！一个月两个月一年两年没工作你试试看，吃什么，怎么活。“举家食粥酒常赊”，我们在品味曹这句诗的时候，可能并没想到他饿着肚子。饿着肚子而写出元气充沛的句子是不易的。

曹雪芹的确成了一个作家。Michael Wood 坐在北京某条街巷的酒吧里，读英文版的《红楼梦》。他把书放下，拿起笔写点笔记，他读的这册书和我的是同一版本，霍克斯翻译的《石头记》第一册，企鹅版，封面是唐寅画的《吹箫仕女图》，我的一位多年不见的高中同学无意中看到我的博客提到这本书，从纽约的旧书店里买下给我寄来的。霍克斯的翻译多妙，堪与曹氏原著并肩了，恍惚中我觉得 Michael Wood 也像霍克斯，他们都是英国人，Wood 读霍氏译本，他俩对曹雪芹的理解一定是共通相融的。为翻译这部书殚精竭虑，说“一切都要译，即使是双关语”的霍克斯，说只要能传达给英语读者这部中国小说带给他的乐趣的万分之一，他的此生就不算虚度了。

Michael Wood 推开曹雪芹故居的门。曹的故居在香山附近的村庄，片中的实景符合他“著书西山黄叶村”的写意：窗外的杨柳被劲风吹拂，流水潺潺也正湍急，野草摇晃，黄叶铺地。这景象就是曹雪芹在他写作《红楼梦》的十年中看到的，延续到如今。“贫穷无处不在地令我难以忘怀，破旧的炉子、硬邦邦的床铺、茅草屋顶、格子窗，但这些东西却不会成为产生创作灵感的必然障碍。实际上，我的门前所见的景色、风光、树木和秋叶，还有风，都鼓励着我进行写作。有什么能阻止我把这一切变成故事呢？”这段解说，正是曹雪芹的自叙：“虽今日之茅椽蓬牖，瓦灶绳床，其晨夕风露，阶柳庭花，亦未有妨我之襟怀笔墨者！”

音乐就在这一刻响起来了——我熟悉的音乐，《蝶飞花舞》，原为游戏《大唐游侠》中的百花宫背景主题曲，笛、箫、古筝、琵琶，真个是若蝶恋花、翩然纷飞，这就是曹雪芹的想象力飞起来了，百花开遍，飞花舞风，伴随这音乐的则是新版电视剧《红楼梦》的片段剪切，一轴中国古画缓缓展开，大观园的背景上流淌出英文书名“A Dream of Red Mansions”——宝玉，愣愣地看着黛玉梳妆，她回眸对他一笑；宝、黛、钗，三小无猜地在嬉闹；宝玉大婚，揭起盖头，却是宝钗……我们认定忧伤、隽永的 1987 年版电视剧是经典，可是这里的确应该用新版才能与这音乐的蝶飞花舞相谐和。太棒了，难为编导怎么会知道这音乐、这电视剧，难为他怎样想来！这一段我看了十多遍，每次看到这里都有眼泪冲进眼眶。

啊，曹雪芹先生。假如你能看到自己耗尽心力终未写完的书出版，成为中国最伟大的小说；假如你能看到二百多年后，由英国人拍摄的这段关于你和你的书的纪录片。

2018 年 11 月 30 日

何人识得玉堂春

电影《面纱》，根据毛姆同名小说改编。1920 年代，一对新婚夫妇远赴中国，在那里经历了感情危机与霍乱，而霍乱却成了解救并发展他们之间感情的契机。故事是毛姆写的，但其中有个小插曲不是，编剧改的这一段，在我看来是整部电影的神来之笔。

上海，副领事家的派对，入乡随俗请来中国戏班唱堂会。镜头跟随客人进门，只听哐的一声锣鼓响，戏开演了。戏台上的女角，布帕缠头，手戴镣铐，她身后站着一个老解差。看这行头就知道是《苏三起解》。果然，女角开口唱了：“玉堂春……”玉堂春就是苏三，此剧目最耳熟能详的一句唱词是“苏三离了洪洞县”。唱腔渐弱成为背景，让位给台下并坐低语的一对男女。听戏的全是外国人。

“你喜欢吗？”男人问，他是派对的主人。

“我从来没看过这样的戏。”高鼻深目的女子觉得新鲜，绽开笑容。

“她的每个手势都有含义，”男人解释给她听，“看，她以布掩面，在自悲身世。她流落异乡，被卖身为奴，生活无可指望。看到她戴的镣铐了？它们代表她可怜的灵魂挣不脱的枷锁，她哭——”

后面的话应该照抄英文原文：

> She weeps for the lively, vivacious girl she once was,
>
> For the lonely woman she has become.
>
> And most of all,
>
> She weeps for the love she'll never feel,
>
> For the love she'll never give.

因为字幕上的译文神韵尽失：她为她曾经是个活泼的少女，现在却成了个孤独的女人而流泪；尤其，她为她永远不会感受到爱，也永远不会给予爱而流泪。行文若此，这几句话便是普通句子了，原文的动人在于英语句式在这里起的作用：她哭，为那个活泼、快乐的少女——她曾经是的，为这个孤独的女人——她现在是的。尤其，她哭那爱——她永不会感受到的，也哭这爱——她永不能给出去的。这样的话就能击中人了。看戏的女人果然听得呆了，回头看男人：“她真这么说的吗？”

男人吸口烟，再吐出来：“我不懂中文。我根本不知道她在唱什么。”

他俩都笑起来。再下一幕他俩就如胶似漆了——这男人不是这女人的丈夫。他是个调情高手，玉堂春的苦情给他解说成这样了！女人的寂寞心事，他一钓就上。

唱腔一止，电影中看戏的外国人纷纷鼓掌。他们看懂了没有？嘿，连这派对主人都没，他的口吐莲花原是信口雌黄。但是京剧好看他们是懂的：艳妆、水袖、舞蹈、锣鼓点子急锵锵，在在全是精美的考究，别有奥妙。

电影外，我的学生们也是哗然大笑，当这男人说出“我不懂中文”的时候。这一段正像是抖了个包袱，甩水袖的是那男人，最后一抖一收，一场好戏。而电影中的这出戏曲，这些90后中国大学生们居然不知道，一百多人中只有一个男生知道玉堂春，讲出了故事的梗概：苏三，自幼沦落风尘，在那里她遇见了她的意中人，彼此相亲相爱可是被拆散了。她含冤下狱，要被押解到异乡去。“这不就是这个男人解释的情况吗？他讲的没有错呀！”他们居然得出了这么个结论。

玉堂春的故事，我自小就熟悉了——小人书里有，收音机里有，电视上有，再大点，《三言二拍》也看熟了，《玉堂春落难逢夫》就是它的出处：“便数尽满院名姝，总输她十分春色……”

毛姆的原著中，与这一情节相对应的中国元素是对“道”的阐释。怎样阐释“道”，在电影中？香港电影《倩女幽魂》中午马的那段道士剑舞是发挥到极致了：“道可道，非常道！……嘿嘿，胡说八道！”但无法对西方电影做同样要求，“道”毕竟太抽象了。编剧将之置换成中国国粹京剧，既符合观众的审美心理，又赋予中国文化恰当的呈现方式，这一段成功地表现了西方人对中国文化的隔膜，似懂，非懂。

国句式还是风味别具。1998 年迪斯尼拍动画片《花木兰》，就以傅汉思的译文作为官方译本。

我细读了他的《梅花与宫闱佳丽》英文原著。分章论述，讲解诗词，比如对张祜的《宫词》之“故国三千里，深宫二十年”，他作如是分析：此二句将时空并置，彼此关联配合。前一句说的是距离，却以表示时间的形容词“故”字起笔；后一句衡量时间的流逝，却以表达空间的形容词“深”字开头……哎，我们还真没想到呢，汉语太熟悉，想当然不深究。傅汉思在耶鲁大学东亚语言文学系讲授中国诗词，台下的听众——他的妻子，不在场也是在场的——听到此处必然心有所触，情动于中，真个是“一声何满子，双泪落君前”。

张充和是“合肥四姐妹”中的小妹，精擅书法、昆曲。1933 年以国文满分破格入北大，后在重庆教育部下属的礼乐馆工作，整理礼乐典籍，1940 年登台主演昆曲《游园惊梦》，轰动文化界。她写的小楷词笺，娟秀端凝，骨力深蕴，施蛰存先生盛赞：“连城之璧，灿我几席，感何可言！”四位才女姐妹皆嫁得贵婿，昆曲名家顾传玠、语言学家周有光、作家沈从文、汉学家傅汉思因此结为连襟。不过，张充和嫁给傅汉思是 1948 年底的事，她尚待字闺中的数年间，身周的亲朋师友是胡适之、沈尹默、章士钊、闻一多、张大千这些“国粹”长者，如众星捧月，她备受娇宠。她的追求者中，用情最深者公认为诗人卞之琳，他那首回文诗一般耐人寻味的《断章》传说就是为她而作——

你站在桥上看风景，
看风景人在楼上看你。
明月装饰了你的窗子，
你装饰了别人的梦。

她装饰了他的梦。落花无意，流水有情，她跟着别人走了。1949 年初，她与丈夫傅汉思赴美，随身小箱内带了几枝她最心爱的毛笔、一方古砚、一盒古墨——此墨有五百年历史，抗战爆发时她曾将它存入上海的银行保险箱，经过炮轰、战火和八年的沦陷，它依然保存完好；其他物品，如书籍、宣纸，还有她收藏的明清卷轴等则通过邮寄漂洋过海。人与物品都安然抵达美国，只除了明清卷轴。他们先在加州安家，十余年后，傅汉思应聘到耶鲁大学教中国诗词，张充和也受聘在耶鲁教中国书法和昆曲。听起来是再理想也没有了，只是无论什么理想，总会略有欠缺，以我的揣想，在耶鲁教书法、昆曲，虽然不乏真诚向学的学生，毕竟少了在中国才有的杏坛文苑济济一堂的方家，“欲将心事付瑶筝，知音少”……

“十分冷淡存知己，一曲微茫度此生”。三十多年后，张充和写了这样一对条幅。她在住宅后面开了一块小园地，种牡丹与玫瑰，种葱、葫芦、黄瓜，种竹林。虽然去国三千里，但手中一支笔，胸中无数曲，都是能出入飘渺之境的神物，魂牵梦萦，她在那边，她也在这边，而眼前身边，就是那谦谦君子，的佳婿。这青年名叫闵福德（John Minford），我们后面再说他。

在网上也搜不到霍克斯的多少信息。抄来抄去的帖子，只简要地说他是“二十世纪后半叶的著名汉学家”。“二十世纪后半叶”，感觉好远了，这个“叶”字尤其显得古香古色，其实距离当今没多少年，更何况，霍克斯先生现在仍然在世。当世还有这样一位深藏不露的高人在，我觉得需要几秒钟的屏息，以免空气的流动搅扰了在我的抽象意念中存在着的他。

他翻译的《石头记》我只有幸读到一些片段，但已足够窥斑知豹。最先读到的是《好了歌》——当时，真是惊得要跳起来，真有如此鬼斧神工的译笔啊！如果说曹雪芹的文字是“神鬼文墨，令人惊骇”，这霍克斯的译文，竟然不输分毫，蟹形的西文与方块的原文达到了一个高妙工整的对称：我们有我们，他们也有他们！我反复默诵，惊叹渐渐变成感念，变成几乎要涕泣的感动。多么遗憾，曹雪芹没写完他的书就死去了；多么意外，二百年后西方世界会来一位大卫·霍克斯，他揣摩曹氏的心意仿若雪芹重生，他把那字字看来皆是血的前八十回，用他的十五年生命，重新贯穿了一次。

在译序中，他写道：

原著虽是一本未完成之作，但它是一位伟大作家呕心沥血的结晶。因此我认为，凡是书中的内容都有其价值。我要将书中的一切都翻译出来，包括双关语，也要表达出来。我不自视所有的细节都处理得完美，但如果我能向读者传达出我在阅读这本中国小说时所获乐趣的百分之一，我的此生，便不算枉度。

二

《红楼梦》着实好看。它书里有一种芳香气息，教人越看越爱，真是“词藻警人，余香满口”。它是一花一步，移步换形，随便翻到哪一页看进去，都能立刻融入它的一层肌理，其上其下有无数的关联照应，既悬而未决又妥妥帖帖。许多人慨叹曹雪芹是怎样写出这样一部书来的，如同不置信古埃及人是怎样徒手造出了浑然一体的金字塔——是这样的璞玉浑金，凡人摸不着下手处。凡人是做不了，即便动用电脑，而在他，或许用不到那么精密具体的筹算和建构，他下笔自有神。他的文字绵针密线，连珠缀玉，天衣无缝——他的技巧是无为而为，别人学不来。

要用什么样的语言才能形容曹雪芹呢？一个贾宝玉，一个林黛玉，一个薛宝钗，这三人的文采精华，皆由他一人分身而作。金陵十二钗正册副册，那些拔了尖儿的女孩子实际上都是他的化身。还不止于此，大观园里上上下下几百号人，无一不是出自他的心窍。曹雪芹，他是他们一切人累加的总和。你以为他们当中的谁太聪明了，那聪明其实是曹的；谁太愚蠢了，那愚蠢也经过了曹的观照，变得晶晶发亮。

1948 年，英国青年大卫·霍克斯在海上漂泊一个月后，经香港来到北京大学做研究生，当时他是北京城里唯一的一个外国研究生。之前他在牛津，教他中文的老师是红学家吴世昌，他也曾借阅过《红楼梦》，那时一点也看不懂。在北大的时候他听过俞平伯的讲座，不过讲的是杜甫。1951 年，他返回牛津出任中文讲师，翻译出版了《楚辞》。从 1973 年起，伦敦企鹅出版社开始陆续出版他翻译的多卷本《石头记》。——插句题外的话，我真是惊异那个年代非常稀少的研究生，是多么的货真价实，几年的书读下来，再怎么艰巨的工作都能胜任了。前面提到过的杨宪益先生的夫人戴乃迭（Gladys Yang）是牛津大学第一个以研究中文获得学位的毕业生，霍克斯则是第二个，他们两位后来各自翻译出了全本《红楼梦》。

没人知道霍克斯是如何从“一点看不懂”，到译出被誉为最佳英译本的《石头记》的。译者的艰辛不为人知，霍克斯说，他感受到的是“乐趣”，比阅读他的精彩译文更胜百倍的乐趣。一定是因为完全读懂了原著的好，他才甘之如饴，用他的十五年生命来奉陪。我想象他逐字逐句地琢磨曹雪芹写下的文字，熟极而流，渐臻化境，感受到与原作者的通灵——横跨二百年时空的两段脑电波对接上了，在不可思议的宇宙中，像奇遇的彩虹。“哦，你在这里。”也许他们彼此这样对话。无须多言的握手中，他们交换的是彼此完全吻合的掌印。

三

Men all know that salvation should be won,
But with ambition won't have done, have done.
Where are the famous ones of days gone by?
In grassy graves they lie now, every one.

这就是《好了歌》的起首四句:“世人都晓神仙好,唯有功名忘不了;古今将相在何方?荒冢一堆草没了。”“神仙”,是一个道教概念,做神仙是以老子为始祖的道家学说的最高理想。西方世界,不提神仙,霍克斯转用“salvation”一词,意为“拯救”,取自基督教的价值观:人人都晓得灵魂需要拯救。从罪孽中得到拯救也是基督教徒的最高追求。道教与基督教,虽两相迥异,却奇妙地对称。标题“好了歌”,霍克斯译为“Won-Done Song”,善戏谑的人说是“完蛋歌”,并由此赞叹霍克斯教授必是一诙谐之人,“完蛋”二字,简直跟疯癫道人风骨神似。“Won”当然是“好”,“Done”暗合着“了”,这两个字又押韵,恰如“好”“了”。在四节诗歌中,霍克斯不断重复朗朗上口的“won't have done, have done”,而且每一节末尾都以一个“one”准准地压在韵上。他的活儿干得太绝了,语词简直不像是刻意的寻找,倒像是恰好有,给他拈来——哪儿找得到这么绝的对等?这个霍克斯,好生了得啊。

一部《红楼梦》里有多少诗词、曲赋、对联、灯谜、牌九、酒令？除了音律对仗之类的讲究，其间又往往带有含义曲折隐晦的双关、出典、析字、藏词……即使只是把它们译成白话文我们都会觉得不可行，稍稍一动，那绝妙的文字就死去了。无能为力的地方，我们说不可译，可是霍克斯说，他一切都要译。他硬是凭他的学识和才华，将已经成为绝响的曹氏的文字，在他笔下以另一种形态转世复生。

四

我不知道他在哪里。他好似不会在这个过分物质和现代的世界上存身。2003 年，北京召开“纪念曹雪芹逝世 240 周年”大会，向二十多位翻译家颁发“《红楼梦》翻译贡献奖”，他在获奖之列，但他没有来。获奖这件事也还是太物质。从前顾城说过一句话，说英国有个翻译《红楼梦》的霍克斯，原来是教授，后来跑到威尔士放羊去了。这句话跟《红楼梦》很相配，跟霍克斯也相配，“白茫茫大地真干净”，即使是威尔士的大地与羊群，情调也是相仿的。与《红楼梦》的匹配，才气之外，就看那个气息跟气味，是否跟原作一致，如王立平的作曲，如刘旦宅的插图——我始终觉得画了那么多《红楼梦》插图的戴敦邦先生，其实是为画《水浒》而生的，最该画《红楼梦》的还是刘旦宅。

霍克斯先生有时候也隐身出现。他的贤婿闵福德，就是从前与他合作，译出《红楼梦》后四十回的青年，现在是香港公开大学教授，近年来致力于翻译金庸的小说，报纸上后来说《鹿鼎记》的第一章其实是霍克斯所译，只是他不肯署名。他说，闲着没事就“帮个小忙”，不署名是因为“不足挂齿”。

还是有记者探访到他了。他住在牛津。电话打到他家里，他的声音听起来很犹豫。

“我都是老爷爷了，能给你谈什么呢？”

他似乎对翻译《红楼梦》的话题没有特别的兴趣。他说译著已出版多年，自己上了年纪，差不多与世隔绝，没有什么好说的。又说最近身体不大好，第二天还要去看医生。

“那么我今天下午就从伦敦赶到牛津怎样？”记者说。

迟疑一下，他说：“那当然好了。”

霏霏烟雨中那位记者找到了霍克斯先生的家。年届八旬的霍克斯老人正在读一本中国小说。他说自己不研究当代中国小说，但手头上这本写得还可以，“有乔伊斯的风格”。

“金庸的书呢？在你心目中，金庸是否跟曹雪芹平等？”有幸见到霍克斯先生的记者问了这么个问题。

我且看老先生怎样回答。“你说呢？”他答道。

2006 年 11 月 21— 28 日

西门庆丢了一半的神儿

中国籍的美国犹太裔学者沙博理（Sidney Shapiro）在翻译《水浒》时说，这部名著是中国书，比其他国家的典籍倒容易些，因为书中宋朝人物所讲的口语跟今人很接近，人们在阅读它的时候，会诧异于书中对话的“现代性”。——真的呢，莎士比亚时代的英语叫“现代英语”，可是莎翁的戏剧原作谁读得懂？但诧异的其实是沙博理。他不提醒我们倒忘了，西门庆跟王婆讲的是“白话”：

——王干娘，你这梅汤做得好，有多少在屋里？

——老身做了一世媒，那讨一个在屋里？

——我问你梅汤，你却说做媒，差了多少。

《水浒》的好看是一段段的，间隔着一些不好看的部分要跳过去，不像《红楼》，随便从哪里看都行。“鲁提辖拳打镇关西”，“林教头风雪山神庙”，这两个章节就算不选进中学课本也不愁没人会背。武松的故事，全中国的人都比阳谷县的居民知道得更详尽。可好多好汉就硬是连名字都没记住，更不晓得他们干了些什么，不像大观园里的丫头，中途改过名字的都知道谁是谁，身世也都清楚。但若据此说《水浒》不及《红楼》却又错了，因为这两部书打开的是不同的时空门。每个作家的头脑都是一个独立的宇宙，只要他成熟而完整地呈给你看其间的奥妙，就是好。

我就挑着原著最精彩的部分来看沙博理的译文。英语的跳脱短俏，翻译鲁达的拳脚恰恰好：鲁达大怒，揸开五指，去那小二脸上只一掌，打得那店小二口中吐血；再复一拳，打落两个当门牙齿。那三句绝文："却便似开了个油酱铺，咸的，酸的，辣的，一发都滚出来"；"也似开了个彩帛铺，红的，黑的，紫的，都绽将出来"，"却似做了一个全堂水陆的道场，磬儿，钹儿，铙儿，一齐响"——也全都字句对应地翻译出来了。英语里不缺形容词，"咸的，酸的，辣的"给组成了"头韵"——salty，sour，spicy 都是 s 开头，"红黑紫"也一样鲜明排列，最后一句倒是加了几个字："(郑的脑袋轰鸣，)像大型葬礼上的锣、铃、钹的交响。"这三句可算是意象派呢，到后来张爱玲才将之发扬光大，在小说中大面积地描绘感官世界。

西门庆在的那几回，原文甚是婉转。作者表现得人情练达，世务清通，人人都说写《水浒》的人不解风情，不擅风流，但看他写西门庆每日所干勾当，温暾水磨，做小伏低，他其实懂得很呢。译文似乎太简单些，我对照着看，每句话确实都翻译了，却不知为何没有原文那种尽致委曲之感，缺少的似乎是一种"宋朝风味"。何为宋朝风味，看 1998 年版的电视剧《水浒》

便知，人物也像，市井也像，说的话也像——他们一说台词，我们马上嗅出这是古代的白话，跟现在的白话不同，一种时空的距离感，顿时生成了。沙博理说他在走钢丝，书中的语言在他看来很“现代”，古老而奇特的是书中的生活方式、习俗和观念，故此他用很直接的英语来译这部书。于是，一个颇可爱的西门庆丢了一半的神儿。西门庆夸奖潘金莲好，赞武大郎有福，说他家里娘子一个都不好：“为何小人只是走了出来？在家里时便要怄气！”翻译成了：“这就是我花这么多时间在外面的原因。”花这么多时间在外面干啥？跟客户吃饭，陪总经理洗脚呀？

《水浒》的几种译本标题各异，沙博理的是“Outlaws of the Marsh”，水泊边的强盗。赛珍珠的有特色：“All Men Are Brothers”，一切男人都是兄弟，四海之内皆兄弟。她的本子据说曾得鲁迅称赞，但也有翻船之处，成为笑柄：武松跟店小二争论，呵斥他“放屁！放屁！”。赛珍珠把这两个字按字面意思直接翻译过去，还同样重复两遍：“Pass your wind — pass your wind！”这样就成了祈使句，武松要吃酒，却勒令面前的小二“把屁放出来！把屁放出来！”。仿佛是使用了翻译软件的效果，赛珍珠那会儿是睡着了吧？

一个没见过的本子的书名倒好：“Water Margin”，水边。情节浓而标题淡，我很喜欢。

2007年11月20日

一把秋天的扇子

有一年我装裱一幅浮世绘小画，长条形的小镜框是现成的，把画镶进去，下方还空一截，裁一片信笺纸补白，信笺是竖行，我抄上班婕妤的《怨歌行》：

新裂齐纨素，皎洁如霜雪。裁为合欢扇，团孪似明月。出入君怀袖，动摇微风发。常恐秋节至，凉风夺炎热……

到这里正好把空格写完，略去了最后一句“弃捐箧笥中，恩情中道绝”。配着画上的仕女，倒也有余韵，话未说尽，留人自思。班婕妤是中国古代著名才女，班固、班超的祖姑，曹植有赋云：“有德有言，实惟班婕。”班氏自幼饱读诗书，工于辞赋，汉成帝刘骜即位后被选入宫，赐封“婕妤”。初时很受宠爱，汉成帝为了与她形影不离，特地命人制作了一辆较大的辇车，以便同车出游，但班氏拒绝了，理由是：看古代留下的图画，圣贤之君都有名臣在侧，而夏、商、周三代的末主夏桀、商纣、周幽王，身畔坐的都是嬖幸之妃，我若与你同车出进，就跟他们很相似了，令人凛然而惊。她这番言论被太后激年的早春时节，二次大战的细雨蒙蒙中，美国第五十军沿意大利西海岸扫荡，经过古城拉巴罗的时候，遇上一位本国的老先生，衣袋里装着一卷孔夫子的书。这是庞德，他以叛国罪被逮捕，因为他五年间数百次在罗马电台为敌对国作宣传，抨击美国的战争行动，攻击罗斯福的作战政策，赞扬墨索里尼，他的演讲题目涵盖政治、经济、历史、文化多个领域："……他那无以预测的，冲动十足的广播，有时甚至让意大利官方都怀疑他是否美军间谍，用暗号向家乡传送军事情报。"庞德被起诉，陪审团只花了五分钟就判决：该人有精神病。庞德在精神病院住到 1958 年，在他自己的房间里整日打字，产量惊人，写了 25 部长诗，用意大利文翻译了《大学》《中庸》《论语》，并获得诺贝尔文学奖提名。

2019 年 1 月 27 日写于建水县

2019 年 1 月 31 日修改于大理

王婆遇雨，晓菲说秋

田晓菲少年写诗，十三岁破格进北大。她十三时我十二，才读初二，孤陋寡闻，没有读过她在北大时写的《十三岁的际遇》。我知道她时她已经是哈佛的教授了，与“为唐诗而生”的著名汉学家宇文所安（Stephen Owen）结婚，并给自己起笔名“宇文秋水”。哈佛大学，东亚语言与文化系，中国古典文学教授，这应是少年成名的才女最好的归宿了；而且她还长得那么美。月亮给我们看正面，我就只看正面，谁要有闲言，请拿你写的书来和她比。2009 年我读了《秋水堂论〈金瓶梅〉》，非常喜欢田晓菲。

田晓菲说，《金瓶梅》所写的，正是《红楼梦》里常常一带而过、且总是以厌恶的笔调描写的中年男子与妇女的世界，是贾琏、贾政、晴雯嫂子、鲍二家的和赵姨娘的世界。她认为《金》胜过《红》，因为看待社会各阶层人等更全面深刻，更严厉也更慈悲。《金瓶梅》是一部秋天的书，是的，可我一直读不进去，虽然我十分爱看描写日常生活的中国古典小说。

书中有“王婆帮闲遇雨”一段：王婆给西门庆潘金莲拉纤，打酒买菜，回来的路上遇到大雨，衣服淋得精湿。评点家张竹坡注意到了这一细节的似乎可有可无，将它解释为王婆辈只知受钱，不怕天雷，风雨晦明都不阻其恶行，同时这雨还照应了后文中武松“路上雨水缠绵，迟了日限”，可知行文之妙。比起这一点评，田晓菲的分析深得我心：

> 遇雨不仅是现实性的，更是抒情性的，一部长篇小说里，不能没有这种所谓的闲笔，不能没有这种抒情性的细节。这是紧锣密鼓之间的中场休息，使得一部长篇小说保持节奏上快慢、松紧的平衡……作者借以抒情的工具十分有趣，因为偏偏是这个怙恶不悛的角色王婆。且看她“慌忙躲在人家屋檐下，用手帕裹着头，把衣服都淋湿了。等了一歇，那雨脚慢了些，大步云飞来家”。这最后一句话是作者的神来之笔，完全是诗的语言，更是律诗里面的对偶句：试看这句话里面，有云，有雨，有雨之脚，有王婆之步子，雨脚慢而王婆之步子大，写得何等优美而灵动哉。邪恶无耻之王婆，也写其避雨、湿衣，不知怎的这个人物便一下子很有人情味儿……

王婆遇雨，比西门、潘二人入港更有情味，我是这么认为的，理由就如田晓菲解释的：抒情、闲笔、有意趣。巧得很，《喻世明言》中的一篇《蒋兴哥重会珍珠衫》，相似的情节中也有这一细节，为富商拉纤的薛婆，借故上他欲勾搭的美妇人家去套近乎，也是雨天，砰砰敲门，开门只见这薛婆衣衫半湿，提个破伞，说是“在一个相识人家借得把伞，又是破的，却不是晦气！”我对这一细节印象深刻，而两位小说作者不约而同都这么写，不论彼此有无借鉴，都反映了对这一闲笔意趣的认同。这个事后回想起来大有意味的日子就应该是个雨天，雨天时特别有内心。田晓菲接下去说得更有灵气：“飞云二字，不及云飞多矣。‘飞云’是散文式的语言，飞由动词变成了形容词，二字显得凝滞而固定；云飞二字合作动词用，富有动感。”——妙极！我喜欢这样语感极其精细敏锐的人，这种人原本就不多，现在更难找，汉语变粗陋了，很多人弄错字，干脆修改字典按错的来，颠倒黑白，连“的”“地”“得”都不分了。

田晓菲的书，好几本都买不到：《赭城》《尘几录》《神游》，书名独特，她研究梁朝文学。我在杜克大学图书馆借了她的博士论文修订出版的书 *Beacon Fire and Shooting Star: The Literary Culture of Liang*（《烽火与流星：萧梁王朝的文学与文化》），做了若干笔记，下载了《尘几录》英文版电子书。年轻的时候，我读到某人的文章好，会激动地跑去认识：你写得真好呀！你看看我写的……如今我也到了秋天的年纪，这些事情早就不做了，但在出国前，我给田晓菲写了一封邮件，把年轻时才会说的话写给她了。她没回复。给我邮箱地址的老师说，田老师对学生很好，邮件都回的呀，你再发一次试试？哎，算了。其实她不回更好，距离感保持了，而且我事实上也去不了哈佛。

2019 年 1 月 31—2 月 1 日

辜鸿铭的情诗

毛姆的书里有一首诗，你绝想不到是谁写的——

你不爱我时：你的声音甜蜜；
你笑意盈盈；素手纤纤。
然而你爱我了：你的声音凄楚；
你眼泪汪汪；玉手让人痛惜。
悲哀啊悲哀，莫非爱情使你不再可爱。
我渴望岁月流逝
那你就会失去
明亮的双眸，桃色的肌肤，
还有那青春全部的残酷娇艳。
那时我依然爱你
你才明了我的心意。
……

毛姆自诩为“最好的二流作家”，而许多公认的一流作家都是毛姆迷。他有一种洞察力。“他和最聪明的手艺人一样聪明，他与最久经世故的人知道得一样多”，他观察人性枷锁中的人，不动声色，他的眼神与笔尖都有刀锋似的冷。

毛姆在 1920 年曾到中国游历四个月，去了广东、天津、北京、上海，并乘船溯长江而上，抵达重庆。途中他写了不少笔记，随手用铅笔在路边买的纸张上匆匆写就，回国后稍加整理，成了一本随笔集《在中国屏风上》。他写长城，“巨大、雄伟、令人敬畏的中国长城，静静地耸立在薄雾之中”；他写路上随处可见的苦力，驮负重担，永无歇休，这让他想起庄子的话：“终身役役而不见其成功，苶然疲役而不知其所归，可不哀邪！”他写在急流天险中拉纤的纤夫，在举步维艰中喊出的有节奏的号子声，是人的灵魂在无边苦海中的沉痛、绝望的呼号；而凡读过毛姆这本书的人，印象最深刻的一定是他写拜访辜鸿铭的那篇《哲学家》。

辜鸿铭何许人也？晚清鸿儒，学贯中西，精通九种语言，获十三个博士学位，在国外声名远播，洋人口传北京旅游攻略云：“可以不看三大殿，不可不看辜鸿铭。”辜在东交民巷使馆区六国饭店用英文讲演他的《春秋大义》，讲演从无售票的先例，他的却要售票，且票价高过梅兰芳，但爆满，洋人趋之若鹜。毛姆到北京，要拜访辜鸿铭。他来得正好。1840 年鸦片战争，1856 年第二次鸦片战争，1900 年八国联军，都是英国的事；毛姆就是一个英国人。

毛姆向接待他的中国官僚表示希望拜访辜鸿铭，后者答说，那就送张便条去叫他过来。便条送去了，辜置若罔闻。好在毛姆知事，他另写了一信，以他能想到的最礼貌的措辞征询，很快回复来了，约定次日见面。

在大师的清简的住所——毛姆的感受是“阴沉、空荡、不舒服”“几乎没有家具”“地上没有地毯”，略加等候，大师进来了。他年过六旬，那幅拍摄于他的盛年的标准像中的飞扬气概似已消退，让位于嶙峋清瘦。以他晚年的照片去想象，他的神情应是傲然而淡漠，在毛姆的描述中，则是带有嘲讽和戒备。这是一个相当重大、紧张的时刻——古老中国的最后一位哲学家、代言人与来自西方世界的一位富有观察力和辨析头脑的作家会见了，此刻，空气凝滞，时间密度增大，历史在场感强烈。他们要谈些什么？毛姆不是好对付的人，尽管他是礼貌的来客；辜鸿铭更是狂狷傲世，每出惊人之语。

在客人知趣的礼貌恭维之后——毛姆心知肚明，哲学家在关注精神生活的人中间占据着一个尊贵的位置，这种尊贵必须以充分的恭维来供奉——他注意到辜的举止中有了某种放松。就像一个人摆好了姿势准备拍照，现在快门响过，他松弛下来，恢复了自我。然而，他仍然乐于谈论令人略感不悦的事情。

“英国人，如果你允许我这么说的话，于哲学而言不是很有天分。”他这样说，言下之意休谟、贝克莱这些人都不入他的法眼了。对此，毛姆谨慎地应答道：“在思想界我们不是没有颇具影响的哲学家。”话题转向美国，美国的实用主义哲学如何？还不如美国的石油，辜如此答对。他时而在英文中夹杂一句德文，毛姆推测像他这样一个固执己见的人倘能受外来影响，那可能是德国。德国大哲学家黑格尔曾说：中国有最完备的国史，但中国古代没有真正意义上的哲学，还处在哲学的史前状态。他们当然没有谈到这句话，我真想听听辜鸿铭对黑格尔的这一言论作何评价。儒家学说是辜的怀抱。他接受它毫无保留，它则圆满地回应他精神上的需求。他在柏林取得哲学博士学位，于西方哲学那里兜了一个大圈，他的研究最终仍指向他的初心：智慧只存在于儒家经典中。

他开始发难了——

“你们知道你们在做什么吗？你们凭什么相信你们要比我们高出一筹？在艺术和学术上你们就胜过我们？难道我们的思想家不如你们深刻？难道我们的文明没有你们的文明那么复杂、那么深奥、那么精细？当你们住在山洞里，身上披着兽皮的时候，我们已经是一个开化的民族了。……白种人发明了机枪，那就是你们的优势。你们粉碎了我们哲学家的梦想：世界能以法律和秩序的力量来治理。……你们诉诸枪炮，你们也将会由枪炮来裁决。”

一席长文，雄辩滔滔，掷地有声，尤其最后一句，在逻辑上是不圆满的，在语言上却是完美的，无懈可击，估计毛姆为之哑然，洗耳恭听，像个慕道弟子一样铭记于心，回去之后再逐句记录了下来。若他不记录，我们也读不到这一番宏论了，那位蓄着中华帝国最后一根发辫的儒家大师，口吐珠玑，顾盼自雄，他的语言堪比大炮，以一人之力回击了百年来西方对中国的侵略、欺凌、傲慢与偏见。他赢了这一局。毛姆输了这一着，却在另一方面给予了回击，以他的方式。按他写在书中的看法，他认为辜是一个悲哀的人——辜觉得自己有治国之才，但没有帝王来赋予他重任，就像古代的王侯礼遇诸子百家那样；他满腹经纶，渴望传道授业，但只有少数家境贫寒、资质愚钝的外乡人前来听他讲学。事实是否如此呢？其实不，辜当时已是退隐状态，早年他曾作湖广总督张之洞的幕僚二十年，期间筹建自强学堂成一代名师，后又执教北大，还曾任职外交部，在在都逞其才学与强项。

那一大段炮轰言论发完之后，辜的语气和态度都变得温和起来。在毛姆认为应该告辞的时候，他甚至有些不想让他走了。他要送毛姆一样礼物留念，送什么呢，他是一个家徒四壁的人。毛姆有了主意，说愿意要一幅他写的字。

辜研墨铺纸，写了一幅字，说是他写的诗。毛姆不懂中文，把字幅带回国后请人翻译成英文，读后吃了一惊。估计所有人读了都吃一惊。我读到的是英文和回译过来的中文，找不到辜的原诗。这首诗经过两重翻译成了这样——

> ……
>
> 令人歆羡的年华转瞬即逝，
> 你已然失去
> 明亮的双眸，桃色的肌肤，
> 还有那青春全部的迷人娇艳。
> 唉，我不爱你了

也不再顾及你的心意。

假如不看上下文，你再也想不到这首诗是谁写的吧，当然它已与原诗有很大距离了。我很爱这首诗，因为除了美之外，它包含了某种真理。这首诗仿佛可以扩展成一个毛姆写的故事，其间的冷峻冷凝很符合毛姆的风格。辜为什么要送他这样一首诗呢，是否包含了某种戏谑，就等着毛姆吃一惊？他的原诗不知是怎样，五言还是七言，含蓄还是放诞，写给一个具体还是抽象的女性？他不肯当面亲自翻译，很对，那的确是令人扫兴的做法，至于这首诗会被别人翻译成什么样，他也不去管。一首诗，戛然而止，这是他们的会晤，以及毛姆这篇散文的极妙的结尾。

2018 年 12 月 3 日初稿
2019 年 5 月 29 日二稿
2019 年 6 月 14 日修改

附：辜诗的英译

You loved me not: your voice was sweet;

Your eyes were full of laughter; your hands were tender.

And then you loved me: your voice was bitter; Your eyes were full of tears; your hands were cruel.

有相通处，翟里斯把它翻译成“a prefect Helen for beauty”——褒姒烽火戏诸侯，海伦倾覆了特洛伊城。一听“Helen”这个名字，他们马上心领神会。

2019年6月11—12日

看俺这青龙偃月刀

但凡有人问我该买什么连环画书入门，我总是说："上美社《三国演义》，不由分说先买一套。"《三国演义》连环画是上海人民美术出版社的镇社之宝。这套书初版于1956—1964年间，全套60册，7000多幅图，画家阵容来自沪上"连环画一百单八将"，绘画之始先由刘锡永、徐正平、陈光镒、凌涛、卢汶五位画家设计出人物造型，十余位资深编辑撰写文字脚本；装帧方面，由程十发、刘旦宅、赵宏本等国画大家彩绘封面，贺天健先生题写书名，都冰如先生篆刻图章。整套书改编精当，绘制精良，画风统一，装帧考究，半个世纪以来总印数已达2亿多册，且在不断再版中。

这书每家每户都该置一套作为基本藏书。我这些年，有时专门安排时间看它，每天看一两册，或是做正事的间隙看一两册调剂。但我还是没看熟，60册书看到后面忘了前面，打散了看，更是看得凌乱。这书需要童子功，如果我小时候就喜欢上它就好了，按小时候的记性和闲暇早就内化了它，现在我还在等着慢慢把它看至熟极而流、贯穿始终。

2013年它出了法文版，精缩为30册，首印3500套，每套89欧元，多个法语国家同步上市，法国国家图书中心专门举行研讨会。关羽的画像占据了法文报纸的大幅版面，整版评介；宣传片也非常好看，辕门射戟、过关斩将、舌战群儒、长坂坡，图片配着音乐，扣人心弦。好，这下普及到欧洲了，然而——不，原来《三国》早就在欧美大热了。

《三国演义》的英文版有数十种版本。"Romance of the Three Kingdoms"，简写为中文书名首字母：SGYY。关羽是Guan Yu，曹操是Cao Cao，诸葛亮是Kong Ming。魏是Wei，蜀是Shu，吴是Wu。早在2003年，欧美的三国迷们就建了一个Kong Ming BBS，帖子点击量都接近十万或超出："《三国演义》纪年表""《三国》地图及阐释""《三国》小说与历史之异同"……而近年覆盖面最大的，当数游戏。游戏横扫千军，对我却是盲区，所以我不知道他们在玩三国。《全面战争：三国》，英国Creative Assembly公司开发，正式发售之前YouTube上预告片的播放量已直冲300万。罗贯中说："天下大势，分久必合"；预告片说："The Empire, long divided, must unite"；用户留言说："My wallet, long united, must divide"——我的钱包，合久必分！

熟谙游戏，在网络上玩转天下的人来描述这些三国迷的所为是最恰当的："老外们对这款游戏的热爱，超乎了我的想象。他们为了更快地完成统一霸业，开始挑灯夜战，恶补三国剧情，自发去油管学习三国历史，准备弯道超车。YouTube上的极简三国史视频，刚出一个月播放量已经458万了。"我在这里，捧着精工细作的老版小人书慢酌细品；他们在网上，日行千里，并亲身参与，创造虚幻历史。

罗贯中在六百年前写的这部小说，居然与当下有如此的契合。它本来就像一局棋，故而适合制作成游戏，正如《三国演义》连环画也是我的玩具。亚马逊上可以买到关羽的玉佩和铜像，铜像的价格是 63.99 美元包邮，用户评论：“符合描述，超爱！跟我的梳妆台非常搭”，看来购买的是女士。男士则买青龙偃月刀，买了自然要摆架势拍照发推特：“我的最新武器，关刀，或者偃月刀。它让我自我感觉像关羽。要名副其实，我必须操练！”附加标签：“关羽”“战神”“刀”“剑”“武术”“武器”“武士”“中国”。大伙儿看到都说好：“嗯，不错，我也要一把！”武术训练班多的是，教练号令，众好汉把大刀舞得寒光凛凛，如蟠龙绕身。这些金头发棕头发长辫子波浪卷的白人黑人，背着把青龙偃月刀在纽约的街区行走，在中央公园的草坪上设擂，关公战秦琼，大刀对双戟。他们甚至可以买马！

关羽就在他们的生活中。圣诞来临，雪地里花园中，立着一座红袍白须的关羽雕像。

2019 年 8 月 16—17 日

中一路走过去，看沿街的店铺："醉仙楼""巴山蜀水""饱饼店""永华杂货公司""群英俱乐部"……中英对照，英译兼顾音、义。街道比较老旧了，红砖房，一排排竖式上下拉的窄窗户，配着繁体字招牌，别有风味。横跨马路立了一座雕梁重彩的牌坊，上书"费城华埠"，不远处的墙上有一块碑石，用英文介绍费城唐人街：1845 年，第一批中国移民来到此地；1870 年，这条街上开了第一家洗衣店；1880 年，第一家中餐馆"美香楼"开业；1995 年立此碑匾，纪念一百二十五年前抵达"金山"的我们的先辈。

在拉面馆吃了晚饭，出来再逛逛，天就黑下来了。我推门进一家药店，货架上满满当当全是中成药：念慈菴蜜炼川贝枇杷膏、乌鸡白凤丸、藿香正气水、小儿七星茶、六神丸、黄连上清片、云南白药、斧标祛风油……琳琅满目，包装与国内相同但改作了繁体字配英文，价格也翻了几倍。这药品给人的感觉与唐人街一样，让人联想到 1949 年以前，但又变异了，说不清它属于哪个年代和地点，这正是最典型的唐人街特色。

纽约唐人街的牌楼是一座西式建筑。街头广告牌上的 Verizon 手机中文广告，将年代感拉到当下："更多数据？有。意外超额收费？没有。更棒的网络？当然！更棒，就是不一样！"走进小商品一条街，真像九十年代的汉正街。再往前走，看到"德昌肉食公司""明炉烧腊""家常菜住家汤"的门面，才觉得味道浓厚，年代又倒退了几十年。再走到一片华人休闲区，老人们在打牌下棋，孩子们在玩健身器材，他们可能是

ABC，黄皮肤，讲英文。

波士顿唐人街的牌坊，正反两面写的是“天下为公”“礼义廉耻”。

2019 年 2 月 2 日初稿

15 日、22—23 日修改

中场休息的时候，方才发言的罗福林（Charles A. Laughlin）教授走来问我从什么地方来，他觉得我很面熟。我说从武汉，他某一年来过武汉开会，但我并没有去那个会。王安忆亲切地与我叙了几句，2008年复旦的会上她是见过我的，还记得我，她向她身畔的周蕾等人介绍说："她写了一本很好的书。"问我是否还在写连环画："这么好的一个题目，为什么不继续做下去呢？"当晚，我翻出2008年在复旦拍的照片，大吃一惊地发现，原来今天会上发言的好几位教授，都是那次的会上见过的：罗福林、魏若冰、宋明炜……原来这就是海外汉学圈，他们肯定是常常在一起开会的，我如果早在这方面去留心，就会熟悉这些人。复旦的前一个会上，我被安排发了一个语惊四座的言，从而会上的人都认识我了，我下来就座时，旁边就是罗福林，我们愉快地交谈了一阵，之后还通过邮件，这就是他觉得我面熟的原因。八年过去了，他的面貌也变了不少，以至于我没有认出他来。往事与今天的对接，使我在这个深夜里心潮起伏，感慨机缘与机遇，也感慨这些年我为什么并没有去做学术。

过了两天，周蕾教授约我喝咖啡。我在某次开会的间隙见到她时与她打招呼，说我来杜克前曾与她联系过。她很客气，马上说有空可以一起喝咖啡聊聊。周蕾是华裔文化研究领域最重要的学者之一。她说文学系每年的访学者名额只有一人，不是对中国，而是对全世界，所以确实很难申请到；并说文学系的人都在研究哲学。确是这样，假如我在文学系，会更感困难，我在杜克去听了三次年逾八旬的哲学大咖詹明信（Fredric

Jameson）的课，因为听不懂，下课后都反射性地头痛，只得放弃。可见一样东西如果不是你的，你在那儿也没用，接不住。我在亚洲系比在文学系合适，虽然我在去之前也不知道我到那儿究竟要做什么。在那儿，我找到了一个巨大的领域——海外汉学。

周蕾听我说了罗福林的事，大笑着说：“你一定要写封邮件告诉他！”我写了，他也回了，这个照面对上了。罗福林是弗吉尼亚大学东亚研究中心主任。关于用西方文学理论阐释中国文学作品所遇到的困难和质疑，他的观点很有意思，认为恰好可以用中国文学作品来反观和检验西方文学理论，作为西方理论的补充。

2019 年 1 月 19 日

她叫法尼娜，她姓法尼尼

我学法语，学的第一句话是："Fanny est là ?" ——法妮在这儿吗？这四个音节琅妙无比，仿佛丝丝入扣于一架神秘的音轨。法语课本里的法妮，应是利落俏丽的，梳马尾辫，系蝴蝶结，"她滑冰吗？她滑冰。"

而这个名字呢——法尼娜·法尼尼，简单的音节稍加变换，风情繁复了，同时又带着天真、任性的意味。作者怎么想出来的？或许就是音韵带领了他。司汤达写的这个小说，我先是在一本 1994 年的《连环画报》上看到故事的片段，彼时连环画已式微，画报把以往的经典作品选登几幅来回顾。画幅是放大的，效果像宽银幕黑白电影——

> 一位名叫法尼娜·法尼尼的年轻郡主，由她父亲陪伴来到舞会。她那明亮的眼睛和乌黑的头发，告诉人们她是罗马人。她的一举一动显示出罕见的骄傲。最终，她被选为舞会皇后。

这是十九世纪在罗马的一场舞会，其豪华赛过王宫庆典。

一位名叫法尼娜·法尼尼的年轻郡主，由她父亲陪伴来到舞会。她那明亮的眼睛和乌黑的头发，告诉人们她是罗马人。她的一举一动显示出罕见的骄傲。最终，她被选为舞会皇后。

如此盛典，美人云集，金发碧眼的欧洲女郎，美起来一个个都像人间尤物，从她们中间脱逸胜出的法尼尼小姐，她美在乌发如云，风姿绰约，尤其在她亮相时的眼神。她的乌黑的眼睛，似乎是在看你，但你只看见她眼睛里的光亮，捕捉不到她的眼睛。这幅画的聚焦之处就在这绝顶美人的眼神，就凭这双眼睛她就是全场的焦点。

舞会上的年轻男子，罗马的、外国的，都聚集到法尼娜·法尼尼的身边来了。下一幅图就展现这一点：她坐在长沙发的中部，垂着眼，微微摇动手中折扇，那姿态高雅无比；一左一右两个盛装女郎，朝她投来不无嫉妒的眼光，沙发后捧着一束鲜花的是风流倜傥的堂·里维欧爵爷，他爱她快爱疯了。

外国和罗马的年轻男子，离开了原来所在的客厅,纷纷聚到法尼娜待着的客厅里。风流倜傥的堂·里维欧爵爷差不多爱她爱疯了,她仿佛也更喜欢折磨他。

法尼娜表示要带着高贵的地位和二十万法郎的年息嫁给他。米西芮里说：“我热爱你，不过，我是祖国一个可怜的仆人。意大利人越是不幸，我越是应当对它忠心到底！啊，意大利从野蛮人手里早就解放出来该多好啊！”

法尼娜失魂落魄，回到罗马。报纸传来消息：她新近嫁给了堂·里维欧爵爷。

她的心思是否在他身上？不知道，她只是“仿佛也更喜欢折磨他”。

法尼娜·法尼尼的法语原文是Vanina Vanini，浊辅音“v”的力度比轻辅音“法”大得多，作者在这个人物身上蕴蓄了巨大的力量，绝不止于轻歌曼舞。中间的几幅图就关乎革命与爱情——一个叫米西芮里的烧炭党人，被人追捕负伤，法尼娜救了他。他们相爱。直到选页的倒数第二幅，他俩还在拥吻，“她像在罗马一样爱他”，但不知接下来发生了什么。

结尾却是突兀的：“法尼娜失魂落魄，回到罗马。报纸上传来消息：她新近嫁了堂·里维欧爵爷。”相应的图一分为三，中间是法尼娜披着婚纱出嫁了；右边是米西芮里，他犹在囹圄，两眼喷火，戴着手铐的手攥紧囚柱；左边是法尼娜，她双眼失神，双臂无力垂落，她的姿态像一个“A”字。

好几年我都存着这个谜团，没有去找全书。动念想找时，有人给我寄来了:《连环画报》1981年第2期,《法尼娜·法尼尼》，尤劲东绘。那正是连环画佳作迭出的黄金时代。只用白纸与铅笔，暴风雨般的革命背景、人物内心的惊涛骇浪都电影一样呈现了，倘若司汤达看到，他也会吃惊：这是我的法尼娜·法尼尼？司汤达是法国人，他写同时代的意大利是近距离的、身在其中的异国；一百年后的中国画家，他的笔穿越遥远的时空，抵达一个纸上的异邦，他的画幅在东西双方看来，都有独特的、具有陌生化效果的异域感。

这是一个非常激烈的故事。“一个年轻漂亮的女子，为了追求自私的爱情，不惜瞒着自己的情人出卖情人的革命同伴，想让情人放弃革命而与自己相爱。可适得其反，她最终没有得到任何爱情。……”这么直截了当一概括，小说似乎被了断，所以最好不要去问一个作者:“你的小说写的是什么？”

作者写这个女主人公，是从远处写起的。看过了全部53幅图，我仍然觉得开场法尼娜亮相的两幅是最有吸引力的，她的矜持与骄傲，予人以距离感，这是一个人魅力的来源。作者起先与人们一道，旁观她的美丽、可望而不可即，后来他走入她的内心，她的神秘感消失了。一个有血有肉的女人，有痛苦、有渴求、内心有强烈的爱的火焰，她绝不是开头那个任何人都不能取得她欢心的冰美人！美丽是给别人看的，爱情是自己品尝的，她的从没给过任何人的心，未经历练，却仿佛有一架神秘的音轨带领，Vanina ~Vanini，不那么做就不是她。

谁也看不上的法尼娜是被一个陌生人勾起了好奇心，一个出现在她生活中的完全不同的人。起先，她甚至以为那是一个女人。

受伤的女人披着头巾，躺在一间秘密的屋子里。法尼娜躲在百叶窗后面偷看她，看到她沾着血的袍子是被刺刀戳破的，她数得出戳破的地方有几处。她看见不相识的女人眼睛盯着天，好像在祷告，眼泪充满了她美丽的蓝眼睛。她视线中的这个女人，的确有种特殊的魅力，比后来恢复男装后的米西芮里更甚。她端庄，沉静，委婉，温柔，不自哀不自怜，法尼娜觉得她是那样高尚，使她爱得发狂。当她再一次来窥探她，把头伸向陌生女人的窗户的时候，她们的目光相遇了。法尼娜觉得自己全部暴露了，这高傲的郡主一下子跪下来，说道："我喜欢你，我一定对你忠实。"

她居然就这么献上了她的爱情。她以为那是一个女人，可她爱上了她。作者没觉得这有什么不对，他写得自然而然，本该如此，不必解释："爱情如同身体发烧，其产生与消失丝毫不以人的意志转移。"司汤达的爱情观附身，法尼娜不顾性别地一头坠入。她的确对她的爱人忠实——在对方的性别的秘密揭开之后仍然是，在他最后决然地唾弃她之前都是。

不相识的女人拒绝法尼娜为她请医生，因为那样会连累搭救她的法尼娜的父亲。她肩膀上的伤一直伤到胸脯，使她难以呼吸，血不断从她嘴里涌出。她说她宁可死了，也不要外科医

夜晚，一个外科医生出现了。医生只给米西芮里治疗，不回答他的问话。一连几天都这样渺无声息。米西芮里的眼睛不离开平台的窗户，法尼娜过去就是从这里进来的。

生。她终于对法尼娜说了实话——她其实是谁，叫什么名字，做过些什么……女人的影子由实到虚，一个年轻男子显现出来。"我快死了。我挺难过，因为我将再也看不到你了。"这句话也是表白，含蓄，而包含千钧之力。

法尼娜还是去找了外科医生来，她自己则不出现了。一连几天，米西芮里的眼睛都不离开平台的窗户，法尼娜平常就是从那里进来的。图画上，我们隔着百叶窗看到米西芮里的眼睛，窗外的暗影里则站着法尼娜，她不为他所见地凝视着他。隔着百叶窗的两个人正在进行心灵的拉锯。他想隐瞒他的爱情，不愿抛弃男子的尊严，再看到她时，他明明喜出望外，却用一种高贵、忠诚而又不怎么亲热的友谊来接待她；一向傲气冲天的姑娘则在自尊心里挣扎，告诫自己不要再去看他，再去跟他说话她就毁啦！米西芮里暗自决定，只有等她一个星期都不来，他才吐露他的爱情，而在她忍不住又来看他时，他做出的神情好像即使有二十个外人在场也无妨似的。法尼娜恨他，决心对他冷淡，对他严厉，可是她突然告诉他了：她爱他。姑娘输了。幸福中的米西芮里也不安地承认，他曾用过要她爱他的手段。是的，这是手段。爱情是两个人的战争，米西芮里是曾在地牢里熬过了十三个月的人呐，法尼娜怎赢得了他。

伏笔是在开头就埋下了：舞会上，风传一个年轻的烧炭党人越狱逃走了。正苦追法尼娜的堂·里维欧爵爷问她："可是，请问，到底谁能够得到你的欢心呢？"法尼娜这样回答："方才逃掉的那个烧炭党人，至少他不是光到人世走走就算了，他多少做了点事。"

她是信口一说，但也包含真理。她身边簇拥着她的裙下之臣，都让她觉得乏味。华服珍馐固然美，纵情声色也不坏，但这些东西堆砌围绕，会让人失重，缺少挫折、阻碍、困厄、奋斗所给予的生之乐趣。生活太光滑了，不带劲，灯火阑珊处，人也意兴阑珊。你爱她，越追她越追不上，她想要一个要不到的人，一个命定指向另一方的箭头，箭上了弦，她的弓才瞬间绷紧。

她随口说的那个人，就是她将要遇见的米西芮里。烧炭党，是十九世纪意大利秘密的革命组织，意图将意大利从奥地利的统治下解放出来。米西芮里是一个胸怀大志的革命者。法尼娜爱上他，他把她带入一个充满激越又随时可能发生不测的地方，这对于爱情来说甚或是助燃剂；他俩的困难在于，法尼娜将要面对一个意想不到的情敌——祖国。当米西芮里身心沉浸于他的事业、计划中的时候，对祖国的爱常常使他忘掉还有别的爱，他也常常为自己的爱情自愧，凡计划受挫，他都会引咎于此。藏在阁楼里养伤的四个月里，他的内心充满挣扎：我怎么办？在罗马最美的美人家里藏下去？意大利，你真太不幸了，要是你的儿女为了一点点小事就把你丢了的话！……爱情，在他的天平上，只是“一点点小事”。

献身革命的女性从来都不少，但法尼娜不是。她是罗马最美的美人，她是花与朵，革命是血与火。她爱上米西芮里，有时会对他的事业有帮助，比如她带给他两千金币的捐助，用于定做武器，从而大大提高了他作为领导者的声望。可是他仍然经常地魂不守舍，有一天他痛苦地说：“这件事要是不成功，我就离开党不干了。”这句话像一道光，照亮了法尼娜的思路：那么，就让它不成功吧。这个念头被照亮了，其他思路则被遮蔽了，她不会想到，在热恋中她也不会那样去想，倘若米西芮里真的放弃革命，一心只想与她厮守，他就马上变成一个乏味的人，如同堂·里维欧之流。心有所系，证明他有灵魂，他心思在别处，她才总想追过去。

法尼娜把烧炭党人聚会的时间和地点，还有他们的名单——删去了米西芮里的名字——写在一本祷告书内页的边缘。她派了她的使女，把书送到红衣主教那里去。

她做这件事只用了十分钟。她知道自己做了一件什么事，事后她抱着情人，几乎想告诉他了。她对他加倍温存，以掩盖内心的不安。她是一个有很大行动力的人。在多幅画面里，我们看到她大幅度的动作：伏在窗户上窥看、冲进房间里找寻、扑倒在沙发上剧恸、跳上马车奔驰——后两幕是在聚会的党员全部被捕，米西芮里不愿被怀疑为内奸而自首之后。她看到他留给她的字条几乎晕厥，但不多久就跳起身，在电闪雷鸣中赶去罗马，去营救他。

她利用了堂·里维欧，他的叔父是罗马总督。她与堂·里维欧假意周旋的模样十分世俗，连衣衫的式样都是了。她让里维欧带她进入他叔父的书房，去看了关于烧炭党人案件的机密文件；后更是在深夜里只身潜入罗马总督的府邸，用手枪和她绝伦的美貌，迫使总督大人就范，答应保护米西芮里。这里，简略的文字令人吃惊：

> 法尼娜满意地说：“我们的交易讲成啦！证据是现在就有报酬。”总督接受了报酬。午夜两点，他一直把法尼娜送到花园的小门口。

法尼娜只有十九岁。她竟能身体力行，做自己身体的主人，既可以与情人欢愉，又可以把它当作酬报，换取自己需要的东西。这分裂的两者，并不使她承受心灵的鞭笞，她好像没有这方面的枷锁。或者她一意孤行，只想着做这一切都是为了情人，歧路不值得多想，直奔目的而去。她曾宣称：“从今以后，我命里注定要无所不为。为了你，我要毁掉我自己……”她爱得五内俱焚。

她终于在监狱里见到了戴着锁链的情人。他憔悴得苍老了。见他之前，她想，他爱她爱到能饶恕她吗？这想法天真了。她对她的情人缺少基本的理解，不然她早就能够判断，也不做那件事了。偏差早就在那里，他们是完全不同的人。

他待她十分冰冷，以至于她以为他知道了她的罪状。他决意去死，让法尼娜把他完全地留给祖国，他说他受到的猜疑就是由于他另外的激情导致的，同伴被捕时，他为什么不在场？因为他与她在一起。法尼娜五内俱裂了。她不再说话，把她带去的金刚钻和小锉刀送给他。画面上，她无力得几乎伏在地上，一条手臂撑地，另一手递给他越狱求生的东西。说到祖国，米西芮里再度激昂起来，他说他将逃走，永远不再见她，他对她就算死了，永别了……法尼娜在激愤之下，把一切都说了出来——她要他知道，她因为爱他而做了什么，她做了什么。

米西芮里狂喊着扑向她，想拿他的锁链打她。闻声赶来的狱吏揪住他，他尽锁链给他活动的可能，把锉刀和金刚钻朝她扔过去：“拿去，混账东西，我什么也不要欠你的！”

故事戛然而止，就到了最后一幅。两个人生观其实完全不同的人，可能因彼此的差异而相互吸引，但他们身处的剧烈情境对人有严格的要求，把不合格的人筛出去，筛成可耻的奸细、叛徒。“她这种丑恶的灵魂……”法尼娜得了这么一句判词。

关于这个小说，还是这样的分析更准确：

“这个短篇的优秀之处，除了司汤达式简洁清晰的叙述之外，就是清楚写了爱情引起的各种反应：为了被爱所用的心机；陷入爱情时的晕眩；虚荣心对爱情的加强和削弱；理智对激情的臣服；激情过后，理智恢复时所感到的羞耻；得不到所爱而激发的傲气和追悔；爱情驱使下的自私残忍；还有，爱恋中的人，所作计划的疯狂大胆和行事时的极端冷静；最后，热情的消退，冷淡，成为灼人火焰的旁观者，对依然处于激情中的对方只剩怜悯和稍许的感动；树静风止，冷淡看向被抛弃者的绝望挣扎。”

是的，作者是在写这些，在故事的内核之外。看你在读的时候，是抓紧它的主干，还是抚摸那些编织得无比细密的经络。

司汤达这样的作家，作品风格与西方的油画是一致的。中国的画家，用铅笔勾勒，一笔一笔，逐渐加深层次，从人的外貌、形神，直画到人的意念、心灵中去。

星期三的紫罗兰

紫罗兰必在星期三。星期几都没有星期三那么好，法语、汉语，道理如一，这其中有难言的微妙。这个短篇小说，真该交给周瘦鹃去翻译。因为爱而不得的女友 Violet，他“一生低眉紫罗兰”，甚至用紫颜色的墨水写字。他一定能译出那种低回不已的深情。

一个科技大学的学生安德烈，爱上了法兰西喜剧院的当红女演员珍妮。每个星期三，他都给她送一束价值两个苏的紫罗兰，持续半年，珍妮一直没有见他。等她决定要见他时，他却再也没来过。一年后，他的父亲来找她，告诉她安德烈中尉已在战场阵亡，交给她一包信件。此后，在她的有生之年，珍妮每个星期三都独自去公墓给她并不认识的中尉献上一束紫罗兰。

现能找到的是罗新璋译本，译文轻松诙谐，珍妮是很善于跟人说笑打趣的，两个苏也被人说成了“两个子儿”——其实这个“苏”字，跟紫罗兰花何其协调啊！我在《连环画报》上看到的版本不知是根据谁的译文改编的，风格庄重，像安德烈父亲对珍妮说的一番话，措辞非常恰当：

一八九三年珍妮毕业于音乐学院，因为她考试得了一等奖，当时就被邀请到法兰西喜剧院去了。

小姐，我冒昧来找您，不是由于男人的粗鲁，而是出于做父亲的感情。……这是我们在他死后找到的始终没有发出的一包信件。小姐，请您保存吧，信是属于您的。您在他内心唤起的感情，没有夹杂丝毫轻浮的、低级趣味的东西。他把您看作是美和理想境界的化身。我认为安德烈无愧于自己忠贞的爱情。

做父亲的有这番谈吐，就不难解释安德烈为何能怀抱独属他的爱情于终身。一个大学生，只因看了一场戏剧就爱上了女演员，这是爱吗？假如他还能继续他今后的人生，他当然会在真实的环境中爱上另外的姑娘，人们会说，这才是真的爱，从前对女演员只是迷恋，他太年轻了。可是他的情感为他父亲所尊重，他每个星期来看戏送花，也是由他姐姐陪着来的。他始终未能见珍妮一面，因此选择了上战场，他对姐姐说，或者让离别来治好他这毫无指望的狂热感情的创伤……间接地，是这份世人看来虚妄的情感导致了他的创伤、死亡，而即使如此，他的父亲仍然完全理解，女演员“在他内心唤起的感情”，是高贵的、神圣的。对安德烈来说，这就是他一生中唯一的、真正的爱情。

我们大多数人都被说服了，年少时初次体验到的那种神迷心醉的爱恋，那不是爱。什么才是，等你以后才知道——以后，可能是知道了，那电光石火般的神秘感觉却再也不来了。“一个人十四岁时具备的爱的能量该是他成年时的很多倍。多数人在十四岁的爱情被父母、被家庭、被自己扼杀后又被狠狠嘲笑了。假如人类把十四岁时的爱当真，假如人类容忍十四岁的人去爱和实现爱，人类永远不会世故起来。”在我被说服之后的许多年，我却读到了这样一段话！

安德烈是什么样子，他只在连环画图的三幅里露了面。前面，我们也跟珍妮一样没见到他，只在看门人的描述中，在某一幅图里，瞥见了他的侧影：“是个很标致的小伙子”，虔诚地

“是的，小姐。那个一连几个月每逢星期三都给您送紫罗兰的大学生，就是我的儿子安德烈。他热烈地爱着您，在他的房间里挂满了您的照片。”

握着花，旁边是他的姐姐，他俩长得非常像，姐姐的帽子后面垂着纱幔，一身盛装，她对弟弟的爱情多么当真！其后再出现在他父亲的回忆中的连续两幅安德烈的画面，姿势几乎是一样的：他手握花束，神情忧悒，但后一幅眼神里的忧悒更深，身姿也稍稍地侧转开了一个微小的角度，手中的花束，也稍稍放下了。为何如此？因为，前一幅，是配合他父亲的言语："他热烈地爱着您，在他的房间里挂满了您的照片"，后一幅配的是"同学们都嘲笑他那种狂热的感情"，并交代他决定去打仗了。所以前一幅的背景，是几个白描虚幻的珍妮的倩影，后一幅则是大笑着的几张人脸，还有他与姐姐的道别。这两幅安德烈的肖像仿佛给画室里同一个模特儿的写生，瞬间表情有微妙的变化，妙的是，前一幅恰好在《连环画报》前一页的末尾，后一幅正在后一页的开头。这样既避免了相似构图、人像的重复，又造成翻过一页，人的处境、心情已暗换的效果。在画报上刊登，就务必要这样排版；若出版单行本，这两幅则安排成两面对开为宜，以形成对比。这些小节不可忽视，处处都体现着理解：编辑对画家，画家对原著，译者对作者，作者对人物……

我之所以对这个作品印象深刻，还是因为连环画太出色了。绘者是孙为民、聂鸥，我当时非常吃惊，这怎么可能呢？因为他们同时画过另一本《山猫嘴说媒》，笔法拙朴山野，仿佛赵树理的山药蛋派。连环画家向来有个痼疾，难以摆脱自己的固定脸谱，这一问题，名家大家都不能避免，可是这两套图画里的人，哪里有一丁点的相像呢？彼此不见丝毫干连的影子。

时至今日，我依然对这一点感到好奇，或许换个思路就好理解了，就如同一个作家，也可以在不同的题材间游刃有余地使出不同的笔风。

画幅的重点，是珍妮，其实，画珍妮也是在画安德烈，她是他心灵的图画。她，真可称得上仪态万方！一个戏剧女演员，仪态是她的必修课，无论什么角色，她都要用最精湛的仪态去表现。她非常美丽，又肯忘我地投入，“把自己的一切，演技、教养、姿色、醉人的美发，全都投了进去”，所以她才能毕业不久就在国家大剧院里成为头牌。“她一扭头，一吐字，哪怕是鳄鱼也能被迷住”，评论家的赞歌措辞甚妙，为什么是鳄鱼？大约与我们的“对牛弹琴”异曲同工，那些被珍妮迷得目瞪口呆的银行家之流，他们正像鳄鱼。比他们迟一百多年在中国富裕起来了的人，就很乐于封自己为“某行业大鳄”。鳄鱼懂什么艺术？但没他们，艺术的台子搭不起来。至于剧作家、评论家，他们或许懂罢，而他们也从来都是名利场的重要成员。珍妮的美与演技，在观众那一头产生的效应，有波短波长之分。有些人的接收频率只有那么短，对他们自身来说也是感官的饱和。有的人，他的波长把自己的呼吸、心率、情感、生命都包括了进去，比如安德烈。这个小伙子，他正年轻蓬勃，他的心地纯洁，从未被占领过。珍妮完美地撑起了他的梦，或者反之，他的梦完美地撑起了珍妮这个形象。

珍妮的每件衣服都那么好看，衣褶繁复像花瓣。我最喜欢她的深色条纹的长裙。我也喜欢她的细点淡雅的衣裙。她的房

珍妮的每件衣服都那么好看，衣褶繁复像花瓣。我最喜欢她的深色条纹的长裙。我也喜欢她的细点淡雅的衣裙。她的房间里摆满玫瑰花时，她身上穿的裙子一定是深红色。

间里摆满玫瑰花时，她身上穿的裙子一定是深红色。她演《巴格达公主》时，舞台上点缀的星星也落在了她的长裙上，当时她的长发挽成高髻，用珠冠攒住。每一身不同的衣服，都变出一个有新意的、不同昨日的珍妮。她的每件衣服，我都能一一数出，想必，安德烈也都能如数家珍般一一说出。他的心房里，有她的整套衣橱……

就在珍妮决定见他的那个星期三，安德烈从此不来了。空等了的珍妮，突然觉得自己好像在等待情人，再没有了的星期三的紫罗兰蓦然有了珍稀的价值。倘若他俩见了面，这个故事

休息时间已经过了，可是她的紫罗兰连影子也不见。也许是看门人忘了我的话，不让他进来，或者有什么误会？珍妮焦急地想着。突然间，她感到自己好像在等待情人。

还能成立吗？见一面无妨，愉快地交谈也可能，只是安德烈的情感，将被这一面改变。也许他发现女演员并非他爱着的那个形象——这是事实，她只是他寄托理想的化身；也许他仍然爱她，试图将交往持续，但怎样才能保持感觉的恒定呢？缘悭一面的遗憾，是这个小说刻意设计的文眼，唯其如此才能保持安德烈的爱的纯度。而珍妮的回报，是对这份爱的守候与呵护——谁不向往这样的爱呢，即使知道他爱的不一定是自己。

要缘悭一面。这是爱惜。《星期三的紫罗兰》是一个写得规规矩矩、唯美的小说，作者对他理想的爱情，小心翼翼地描画。

2013 年 2 月 25—28 日

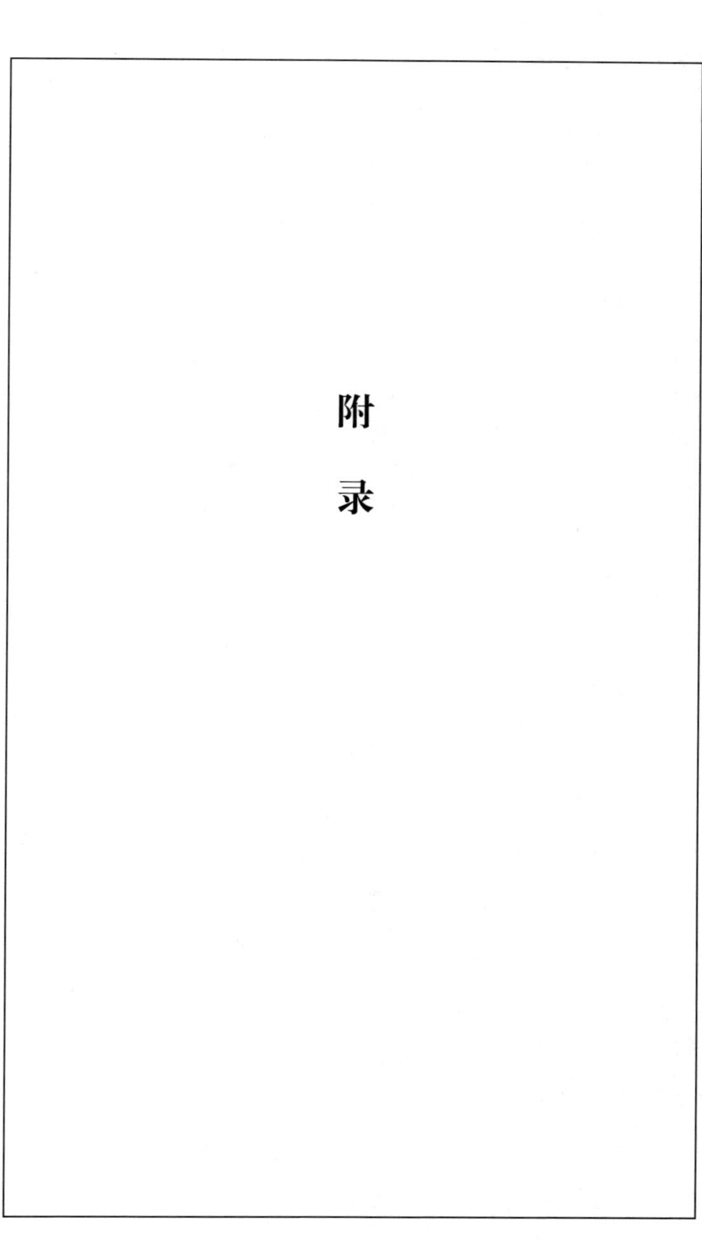

附录

书衣闲话

有人发私信来问，我用来包书的挂历是在哪里买的。报纸上说，走遍武汉三镇，难觅传统挂历。我就是在武汉买的。早几年，每到年底，我就专程往崇文书城后面的图书市场去一趟，那里面有一片区域专营挂历。如果过了元旦再去，会大幅降价，印制得那么精美的挂历一本仅售十几元；但不能太晚，再晚就都退回厂家了，我有一次就空手而返。我去那边有点麻烦，得转车，不过跑那么一趟去采购这“年货”，可看作一种节令性的行为，有些滋味。如今过节没啥事可干的，除了去赶商场的促销活动。后来我发现离家不远的劝业场就有不少挂历卖，有的堪称精品，我就改来这里，每年买上几个，自用，送人。一年又快过完了。除旧迎新，旧的挂历，就用来包书。

用挂历纸包书的做法，我是九十年代从闺蜜那里学来的。她当时在一家日资公司上班，逢新年就发挂历，日本出产的纸品都雅致极了，何况挂历本来就是做来供人欣赏的。朱天文写过，她在日本购物，售货员除了极尽谦恭，还给哪怕是最微小的物品精心包装上好几层，那些包装纸太美了，她舍不得丢弃，她的女友也攒了一大堆，但到后来也没什么用，还是扔了。她们怎么就没想到用来包书呢。我的闺蜜是个兰心蕙质的美人，经她手包的书，恰如其人。九十年代早中期的书籍，装帧还不太好看，用挂历纸一包，绝美。我的一本《源氏物语》，她借去看过之后，帮我包了：顶上一截纯黑，是挂历的底色，在此就如同页眉。眉以下，一道银色横贯封面与封底，到了封面的侧边恰好转折向下，形成一个倒“L”字形，勾出书的轮廓，这道银色是挂历上画的边框。画，是浮世绘，绘在扇面上，扇面以书脊平分，一半在封面，一半在封底——一个衣衫繁复的女子，倚着一个衣冠男子的背影，两人坐在小木舟中。扇面之外、边框之内，是大片的深蓝色，带密集的波浪形暗纹，仿佛暗喻着舟外的海，海里的波。这一幅挂历纸，就像是为这本书准备的衣裳。

在受闺蜜的潜移默化之前，我也偶尔包书，用的是挂历纸的纯白色背面，或杂志的封面，纸一般，包得也比较宽松。后来逐渐有了讲究，并追求书衣与书的严密贴合，即，包好的书，书衣不宽于书本来的宽度，几乎就与内页的边缘平齐；而翻开来，勒住封面的书衣可自然地梭动，上下两边则依然紧贴，合起书，它又自然地梭回，不起皱、不鼓翘，浑然一体。日渐娴熟之后，包书发展成我的一项手艺，也是愉快的消遣。挂历纸，一年六张，每过两个月，就可以裁下来一张，包两本书。先打量纸上的画，考虑画的不同局部安排在书的什么地方最佳，裁开之后，再估量位置把书放好，按书的边缘先压出折痕。拿开书，把折痕折得工整清晰，再剪开中间的口，把书放进去，沿着折痕将书的每条边缘细致地包住、压紧。封底比封面容易，上下的两条边比右边的勒口容易，宜先易后难地进行，封面的右勒口是最后一道工序，因为翻开书时这条边是要梭动的。先前，我有时会失手在这最后一笔，后来，次次圆满。

我喜爱的挂历，多是中国画，花鸟、蔬果、山水、仕女都是常见题材。我在包书的时候，注重书衣的画面风格与书的内容的配衬，所以那些有古意的、闲适的书往往能达到最和谐的配搭。我包好几本书，就摆在桌上、案上或凳子上拍下来，发到博客上。我无意中看到有读者将这些图片搜集在一起，在她的博客上转贴，我自己看了都惊艳不已——

人民文学出版社的《聊斋志异》三册，我先包了其中两册。上册的封面，被墨绿的荷叶铺满，封底也是荷叶与杆茎，密不透风；中册的封面，却偏是大片留白，只一小朵淡黄的荷花落在右下角，封底则是一大朵娇艳的荷花玉立亭亭，盈可一掬。上册深浓、中册清淡；中册的正面素洁、背面艳冶，都形成对照，而这两册书衣本是同一幅画裁开的，画面与色调有着天然的连续关系。

一本上海古籍社新版的《孙子兵法》，装帧极之考究。挂历纸上是国色天香的牡丹，我裁下了最佳部分给它——孙武对女人不甚好，我用如此的花团锦簇包住他，反讽他一下，但他真是一个智慧的人。剩的一半纸，包了我在超市顺手买下的《笑林广记》，这个版本粗疏，现在有些出版社做了些仿古线装书样子的古籍，专在打折的书摊上卖。粗不要紧，我包它起来，

这余料的纸有一半留白，效果蕴藉而有余味。

除了挂历纸，我还利用各种包装纸。严歌苓的《扶桑》，我用的是箭牌衬衫的包装袋，紫色，上有“ARROW，USA 1851”字样，恰是扶桑将要到美国的年代。胡兰成的《今生今世》，内页排版、字体、纸张都很合我心，但封面我不喜欢，我用一张素色细条的纸包上，掩住胡氏手书的那股嚣张跋扈。刘亮程的《风中的院门》，我用的是一个原木色的厚牛皮纸袋；李娟的《阿勒泰的角落》我没有包，因封面本身很有质感，也是返璞归真的色调，正好与刘亮程的书并肩。这两本书本应摆在一起的。

近年来，国内书籍的装帧也日渐考究。装帧太完美的书，我总觉得有点不忍——完美是一种险境——稍欠一点，反倒心安了。这样太美的书包起来也舍不得。如是为爱惜，那倒不是问题，我天生爱惜东西，我看过的书都和新的一样，一个折痕、污迹都没有，我包书还是为了美。所以，装帧略为平凡的书我包起来最有成就感，是种提升，化平凡为神奇。这个过程甚至反过来对挂历纸都有这种功效，有时，挂历的剩下的部分，或本来不甚好看的部分，因为合理布局，变成书衣，竟然妙不可言，多余的反成了点睛之笔，俗气的却能恰到好处。

去年夏天，我买了一本孙犁的《故事和书》，三联版的。这个版本文章选得好，只是封面居然是浅紫色，令我意外。我裁下吴冠中的水乡写意图，淡青色的天空，人字形屋顶，把它包了起来，这才合适。我发现我现在的心境，与孙犁晚年的心境竟然很像，我与他性情也相似。孙犁晚年就爱包书，用所得的各种纸包装他失而复得的旧书，并在上面写“书衣文录”。他也是极之珍惜东西：“凡所收藏，皆完整如新，如未触手。后人得之，可证我言。”

孙犁先生说，读书，是为安定心神。包书也可安定心神，他一定也体会到了。用美丽的纸包喜爱的书，令人愉快，我逐渐发展的程式，也包含了节奏与呼吸，尤其在最后屏息凝神的一刹那……成了。我对于书籍的装帧是外行，我只是把我自己的这一套装帧做成了内行。

2013 年 1 月 21—26 日